THOR y LOKI

EN LA TIERRA DE LOS GIGANTES

UN
MITO
ESCANDINAVO

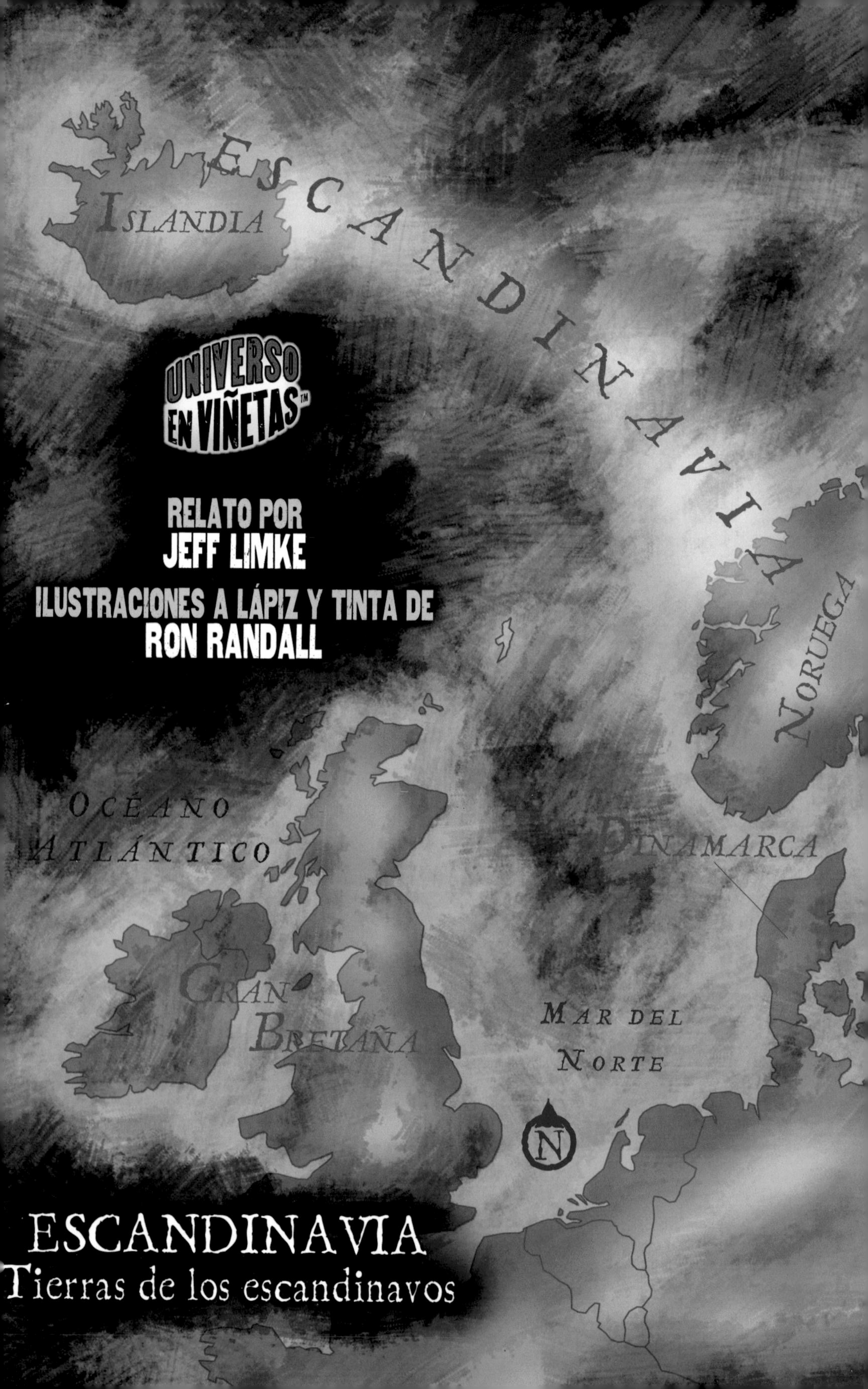
ESCANDINAVIA
ISLANDIA
NORUEGA
OCÉANO ATLÁNTICO
DINAMARCA
GRAN BRETAÑA
MAR DEL NORTE
N

UNIVERSO EN VIÑETAS™

RELATO POR
JEFF LIMKE

ILUSTRACIONES A LÁPIZ Y TINTA DE
RON RANDALL

ESCANDINAVIA
Tierras de los escandinavos

THOR Y LOKI

EN LA TIERRA DE LOS GIGANTES

UN MITO ESCANDINAVO

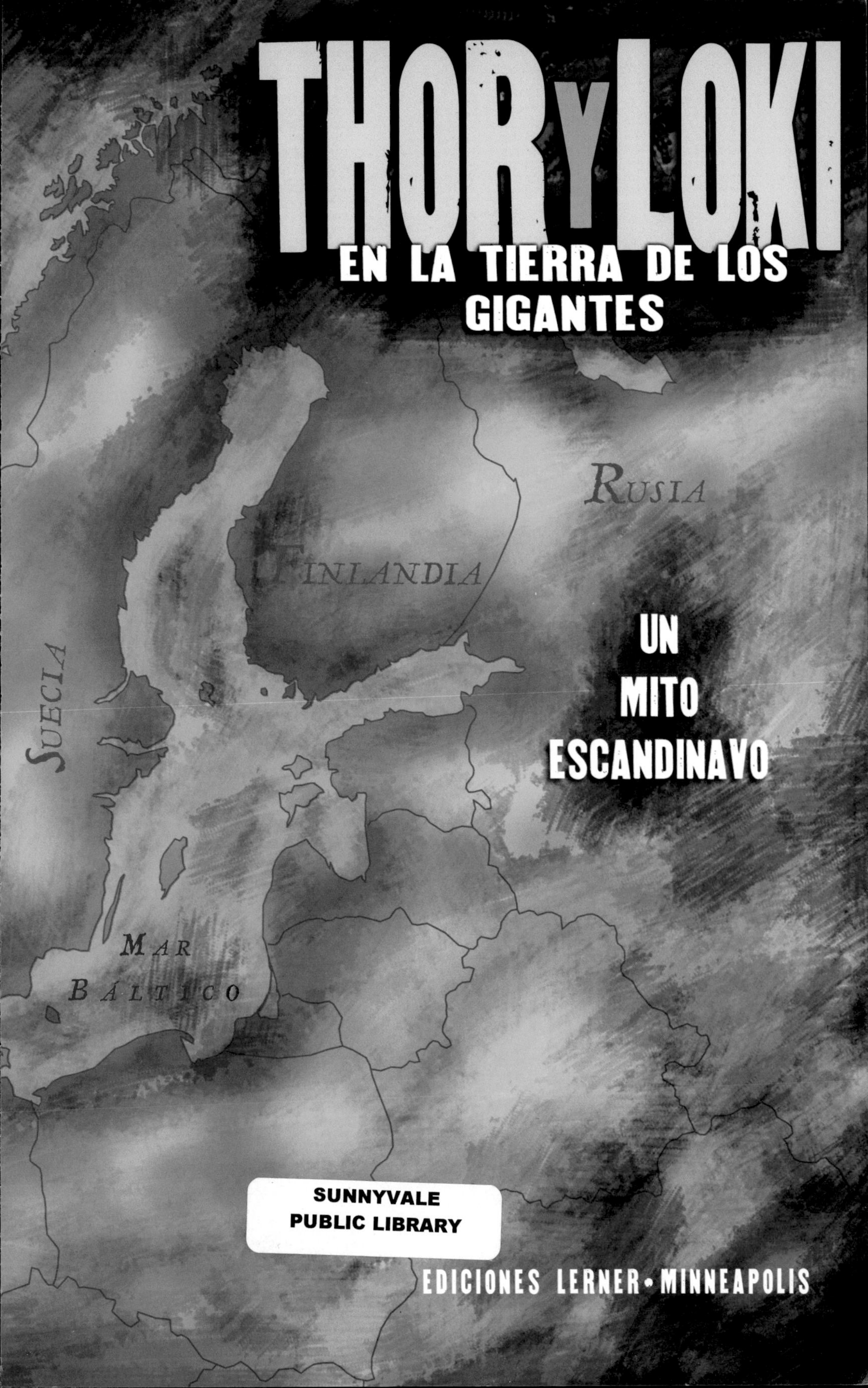
Rusia
Finlandia
Suecia
Mar Báltico

EDICIONES LERNER • MINNEAPOLIS

THOR Y LOKI ESTÁN ENTRE LOS MÁS FAMOSOS DIOSES LEGENDARIOS DE LA MITOLOGÍA ESCANDINAVIA. LOS RELATOS DE SUS AVENTURAS NOS HAN LLEGADO A TRAVÉS DE UNA OBRA MEDIEVAL, LA *PROSE EDDA*. LA OBRA FUE ESCRITA ALREDEDOR DEL SIGLO XIII POR SNORRI STURLUSON, UN POETA Y POLÍTICO QUE VIVÍA EN ISLANDIA. PARA ESTE LIBRO, EL AUTOR JEFF LIMKE CONSULTÓ VERSIONES MODERNAS DEL LEGENDARIO VIAJE DE THOR Y LOKI A LA TIERRA DE LOS GIGANTES, ENTRE ELLAS *BULFINCH'S MYTHOLOGY*, EL CLÁSICO TRABAJO DEL ESTADOUNIDENSE THOMAS BULFINCH. EL ARTISTA RON RANDALL RECURRIÓ A DIVERSOS LIBROS DE REFERENCIA SOBRE LOS VIKINGOS EN LA EDAD MEDIA, ASÍ COMO A OBRAS DE ARTE DEL PERÍODO ESCANDINAVO ANTIGUO, PARA ILUSTRAR LAS VÍVIDAS IMÁGENES DE ESTE RELATO.

RELATO POR JEFF LIMKE

ILUSTRACIONES A LÁPIZ Y TINTA DE RON RANDALL

COLOREADO POR HI-FI DESIGN

Traducción al español: copyright © 2008 por Lerner Publishing Group, Inc.
Título original: *Thor & Loki: In the Land of Giants*
Copyright: © 2007 por Lerner Publishing Group, Inc.

La edición en español fue realizada por un equipo de traductores hablantes nativos del español de translations.com, empresa mundial dedicada a la traducción.

ediciones Lerner
Una división de Lerner Publishing Group, Inc.
241 First Avenue North
Minneapolis, MN 55401 EUA

Dirección de Internet: www.lernerbooks.com

Library of Congress Cataloging-in-Publication Data

Limke, Jeff.
    [Thor and Loki. Spanish]
    Thor y Loki : en la tierra de los gigantes : un mito escandinavo / relato por Jeff Limke ; ilustraciones a lápiz y tinta de Ron Randall.
       p.   cm. — (Mitos y leyendas en viñetas)
    Includes index.
    ISBN 978-0-8225-7969-4 (pbk. : alk. paper)
    1. Thor (Norse deity)—Juvenile literature.
    2. Loki (Norse deity)—Juvenile literature.
    I. Randall, Ron. II. Title.
    BL870.T5L5618 2008
    741.5'973—dc22   07004152

Fabricado en los Estados Unidos de América
1 2 3 4 5 6 - JR - 13 12 11 10 09 08

CONTENIDO

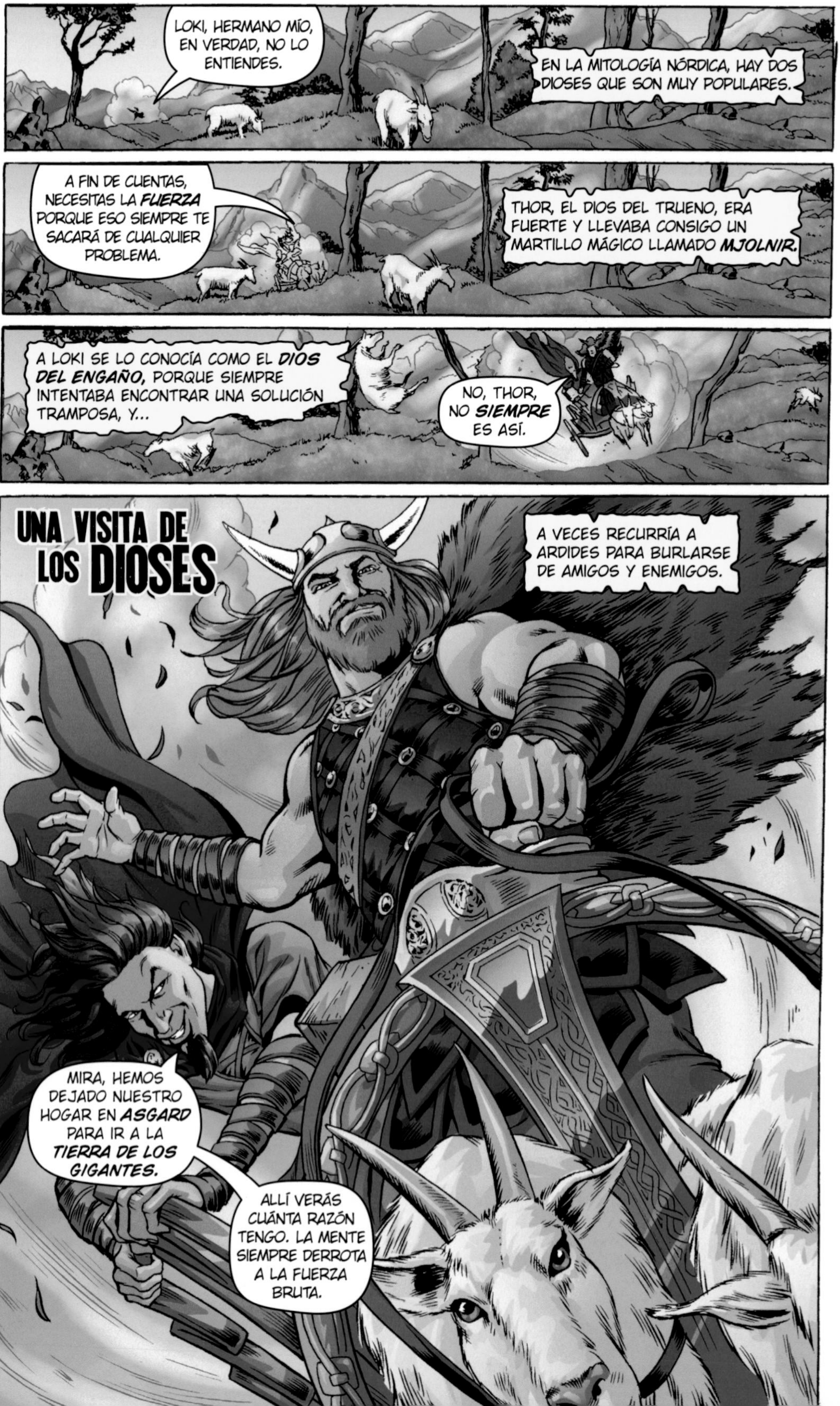
LOKI, HERMANO MÍO, EN VERDAD, NO LO ENTIENDES.
EN LA MITOLOGÍA NÓRDICA, HAY DOS DIOSES QUE SON MUY POPULARES.
A FIN DE CUENTAS, NECESITAS LA FUERZA PORQUE ESO SIEMPRE TE SACARÁ DE CUALQUIER PROBLEMA.
THOR, EL DIOS DEL TRUENO, ERA FUERTE Y LLEVABA CONSIGO UN MARTILLO MÁGICO LLAMADO MJOLNIR.
A LOKI SE LO CONOCÍA COMO EL DIOS DEL ENGAÑO, PORQUE SIEMPRE INTENTABA ENCONTRAR UNA SOLUCIÓN TRAMPOSA, Y...
NO, THOR, NO SIEMPRE ES ASÍ.
UNA VISITA DE LOS DIOSES
A VECES RECURRÍA A ARDIDES PARA BURLARSE DE AMIGOS Y ENEMIGOS.
MIRA, HEMOS DEJADO NUESTRO HOGAR EN ASGARD PARA IR A LA TIERRA DE LOS GIGANTES.
ALLÍ VERÁS CUÁNTA RAZÓN TENGO. LA MENTE SIEMPRE DERROTA A LA FUERZA BRUTA.

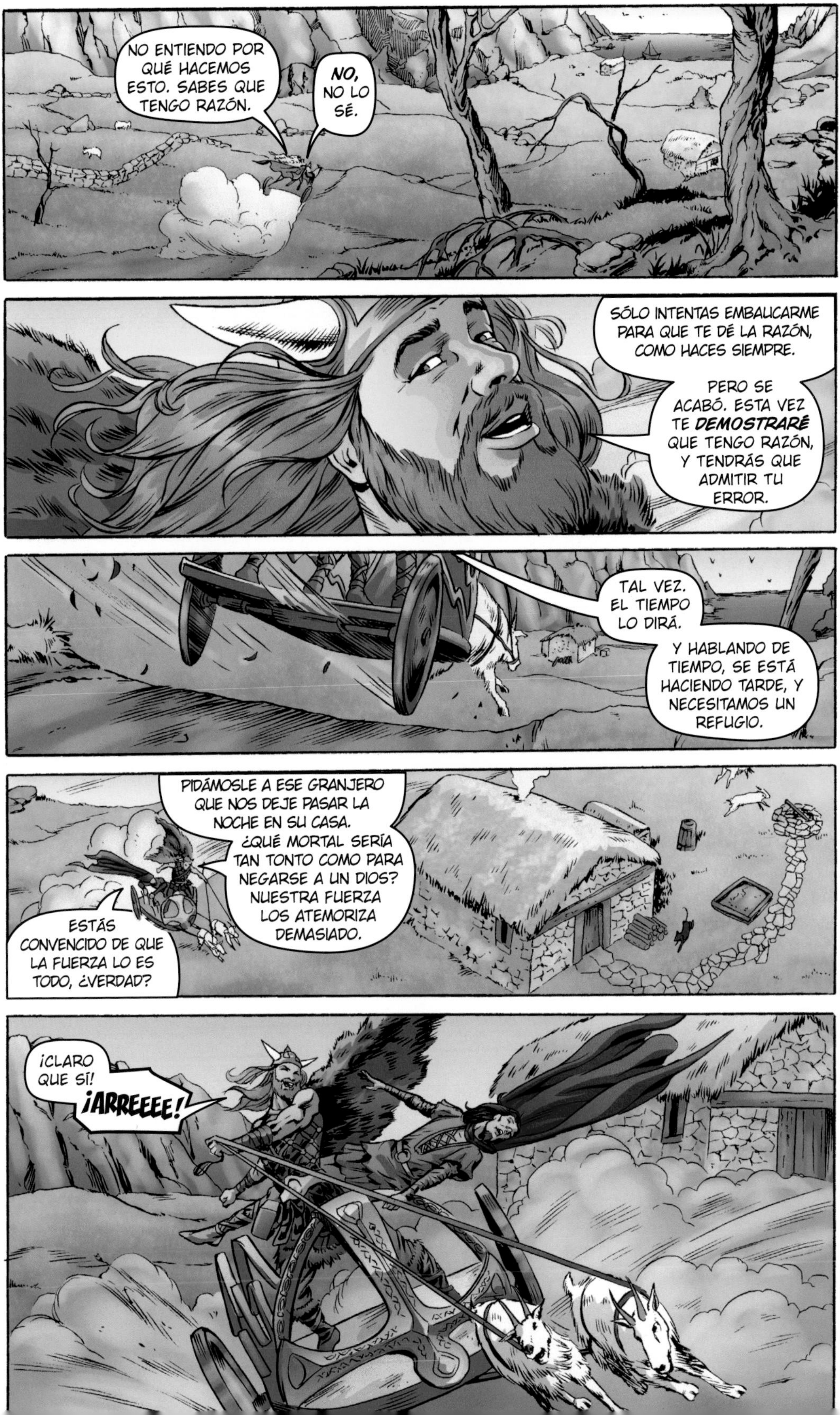
NO ENTIENDO POR QUÉ HACEMOS ESTO. SABES QUE TENGO RAZÓN.
NO, NO LO SÉ.
SÓLO INTENTAS EMBAUCARME PARA QUE TE DÉ LA RAZÓN, COMO HACES SIEMPRE.
PERO SE ACABÓ. ESTA VEZ TE ***DEMOSTRARÉ*** QUE TENGO RAZÓN, Y TENDRÁS QUE ADMITIR TU ERROR.
TAL VEZ. EL TIEMPO LO DIRÁ.
Y HABLANDO DE TIEMPO, SE ESTÁ HACIENDO TARDE, Y NECESITAMOS UN REFUGIO.
PIDÁMOSLE A ESE GRANJERO QUE NOS DEJE PASAR LA NOCHE EN SU CASA.
¿QUÉ MORTAL SERÍA TAN TONTO COMO PARA NEGARSE A UN DIOS? NUESTRA FUERZA LOS ATEMORIZA DEMASIADO.
ESTÁS CONVENCIDO DE QUE LA FUERZA LO ES TODO, ¿VERDAD?
¡CLARO QUE SÍ!
¡ARREEEEE!

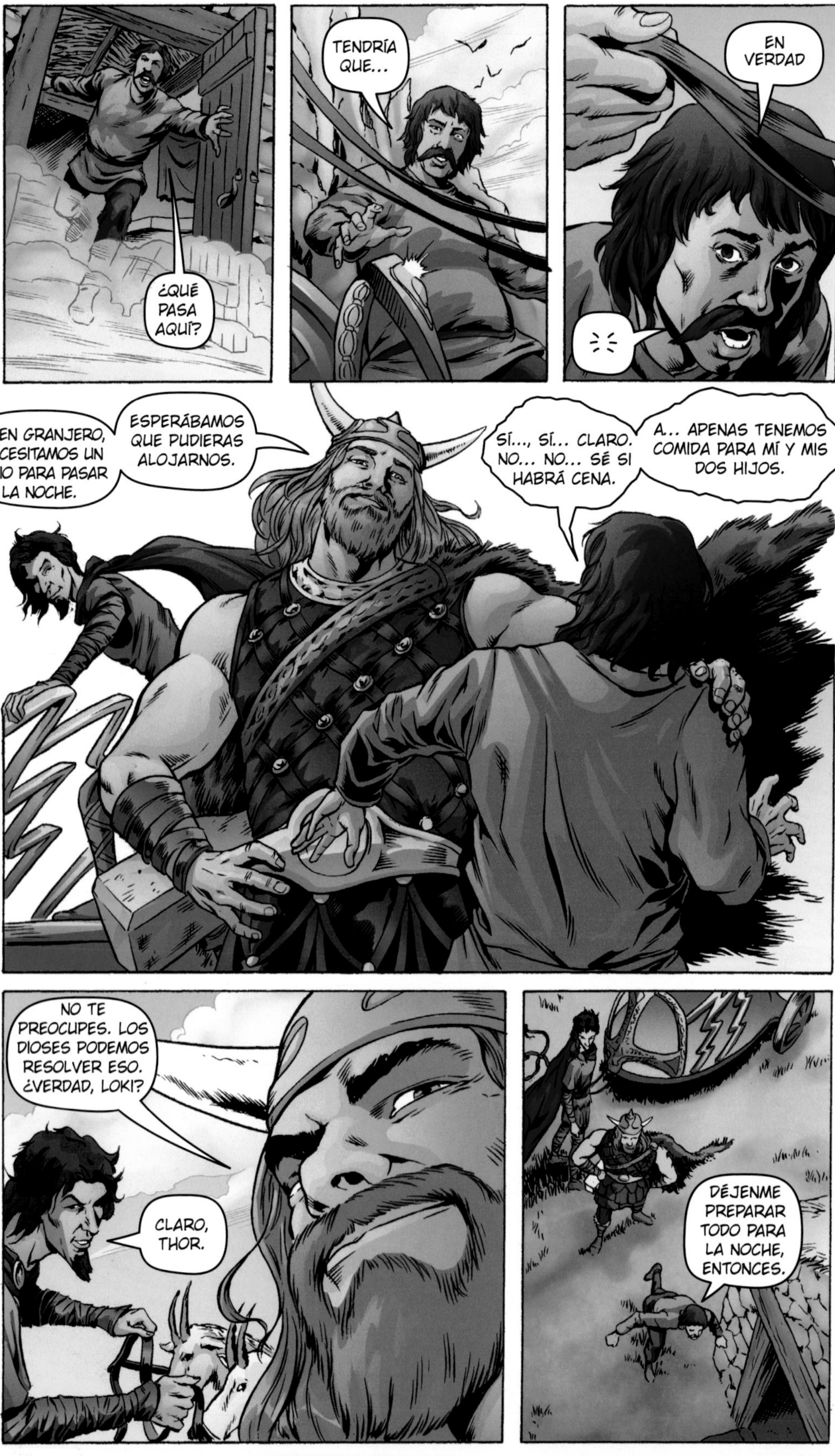
¿QUÉ PASA AQUÍ?
TENDRÍA QUE...
EN VERDAD
BUEN GRANJERO, NECESITAMOS UN SITIO PARA PASAR LA NOCHE.
ESPERÁBAMOS QUE PUDIERAS ALOJARNOS.
SÍ..., SÍ... CLARO. NO... NO... SÉ SI HABRÁ CENA.
A... APENAS TENEMOS COMIDA PARA MÍ Y MIS DOS HIJOS.
NO TE PREOCUPES. LOS DIOSES PODEMOS RESOLVER ESO. ¿VERDAD, LOKI?
CLARO, THOR.
DÉJENME PREPARAR TODO PARA LA NOCHE, ENTONCES.

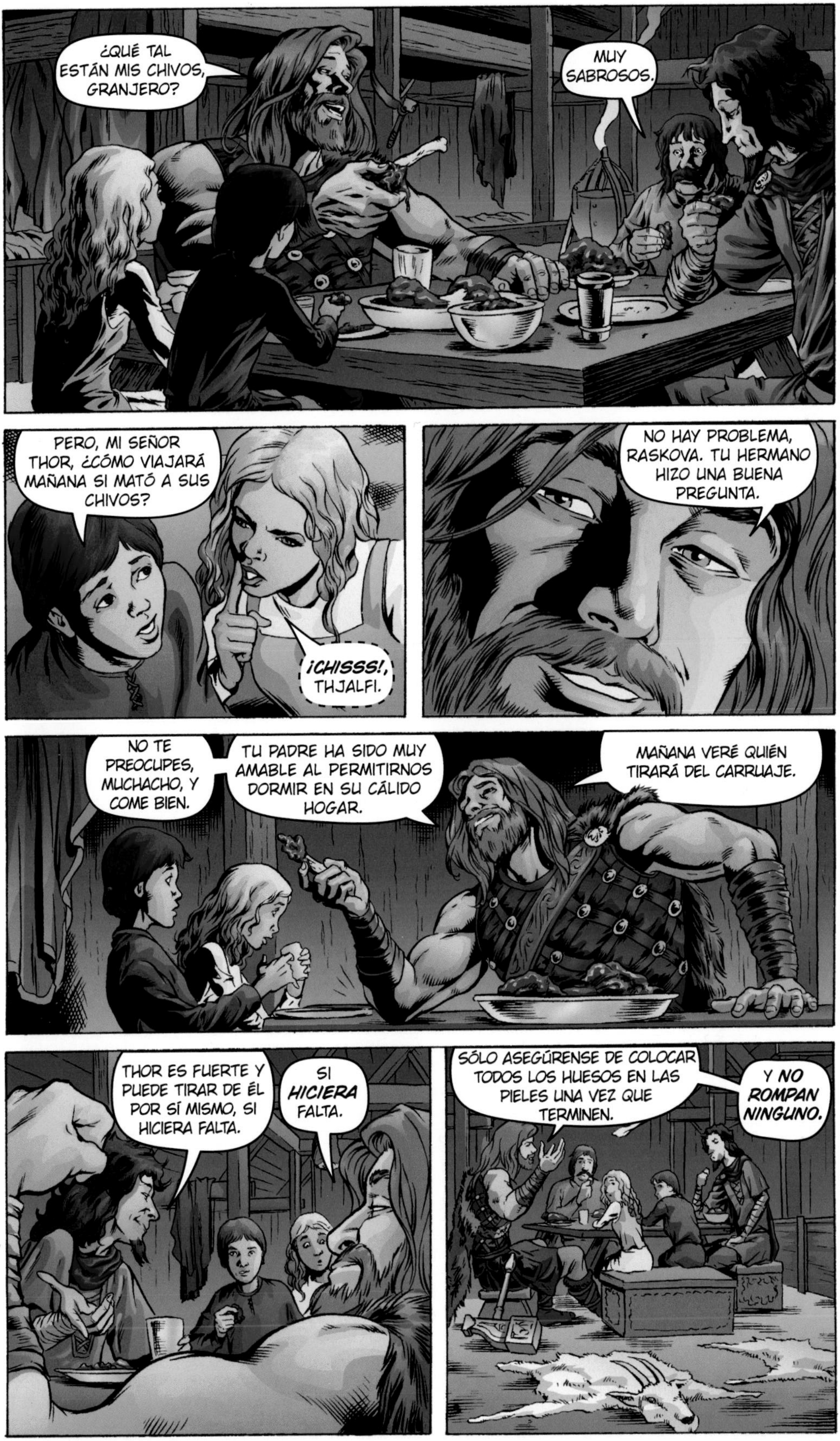
¿QUÉ TAL ESTÁN MIS CHIVOS, GRANJERO?
MUY SABROSOS.
PERO, MI SEÑOR THOR, ¿CÓMO VIAJARÁ MAÑANA SI MATÓ A SUS CHIVOS?
¡CHISSS!, THJALFI.
NO HAY PROBLEMA, RASKOVA. TU HERMANO HIZO UNA BUENA PREGUNTA.
NO TE PREOCUPES, MUCHACHO, Y COME BIEN.
TU PADRE HA SIDO MUY AMABLE AL PERMITIRNOS DORMIR EN SU CÁLIDO HOGAR.
MAÑANA VERÉ QUIÉN TIRARÁ DEL CARRUAJE.
THOR ES FUERTE Y PUEDE TIRAR DE ÉL POR SÍ MISMO, SI HICIERA FALTA.
SI *HICIERA* FALTA.
SÓLO ASEGÚRENSE DE COLOCAR TODOS LOS HUESOS EN LAS PIELES UNA VEZ QUE TERMINEN.
Y ***NO ROMPAN NINGUNO.***

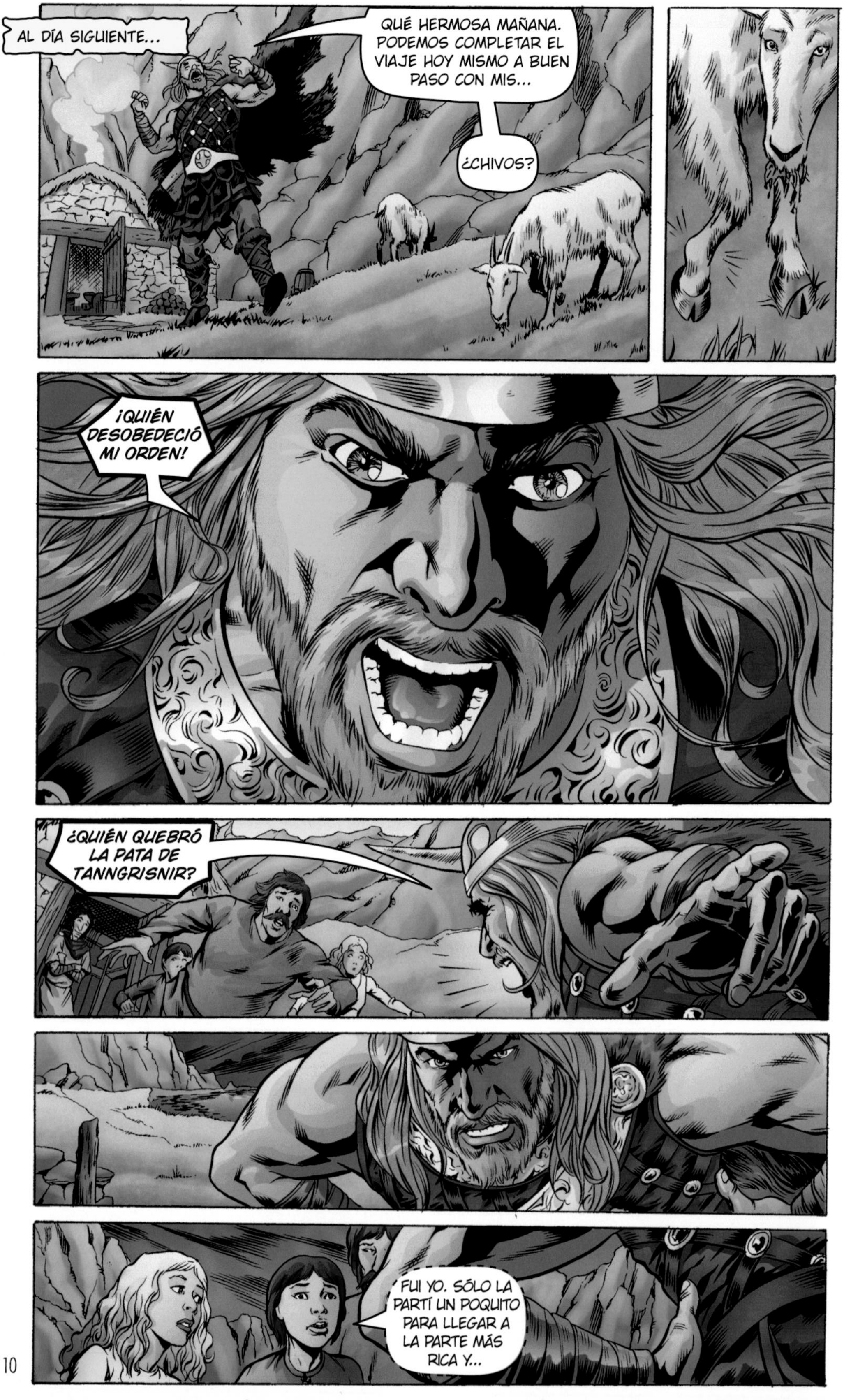
AL DÍA SIGUIENTE...
QUÉ HERMOSA MAÑANA. PODEMOS COMPLETAR EL VIAJE HOY MISMO A BUEN PASO CON MIS...
¿CHIVOS?
¡QUIÉN DESOBEDECIÓ MI ORDEN!
¿QUIÉN QUEBRÓ LA PATA DE TANNGRISNIR?
FUI YO. SÓLO LA PARTÍ UN POQUITO PARA LLEGAR A LA PARTE MÁS RICA Y...

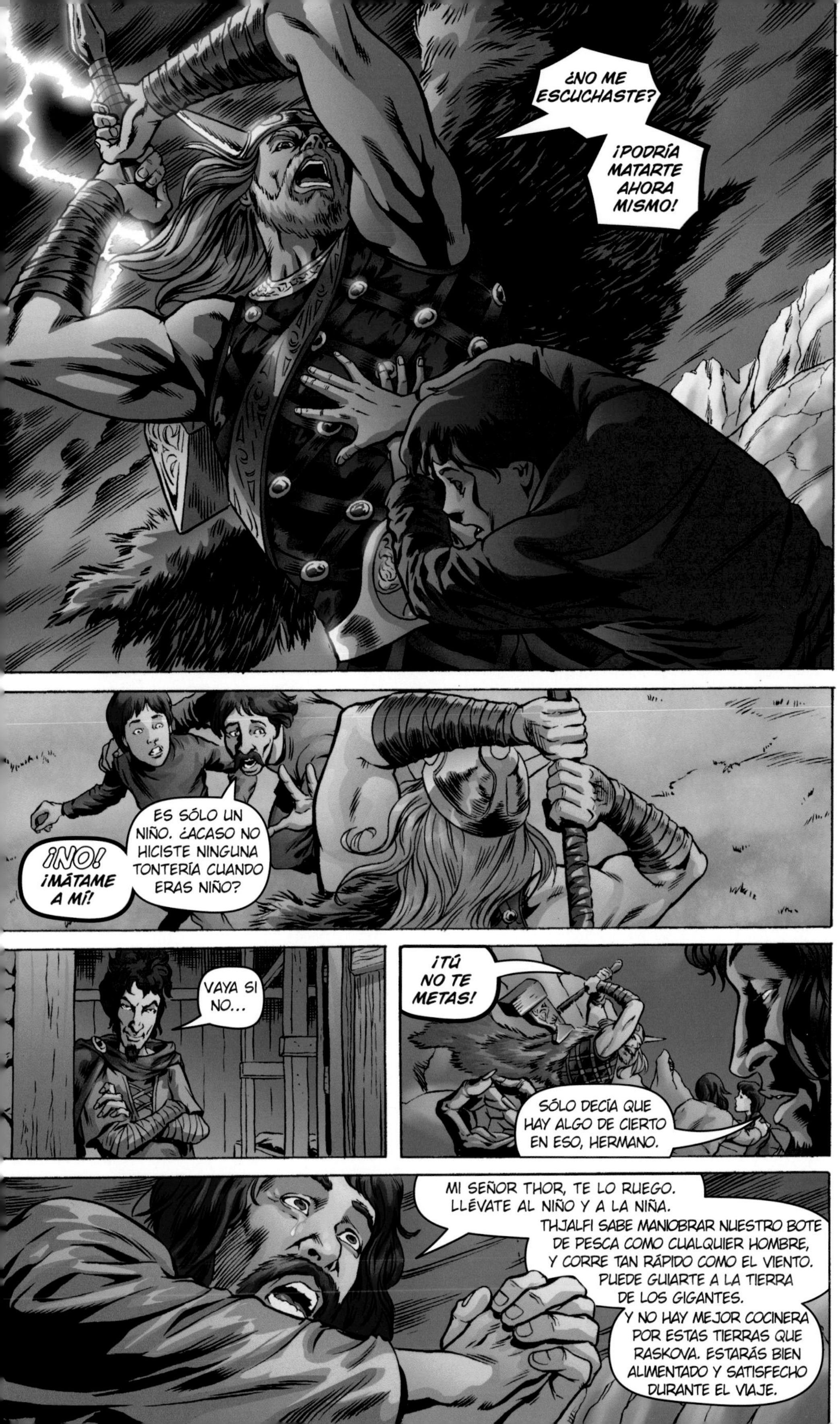
¿NO ME ESCUCHASTE?
¡PODRÍA MATARTE AHORA MISMO!
¡NO! ¡MÁTAME A MÍ!
ES SÓLO UN NIÑO. ¿ACASO NO HICISTE NINGUNA TONTERÍA CUANDO ERAS NIÑO?
VAYA SI NO...
¡TÚ NO TE METAS!
SÓLO DECÍA QUE HAY ALGO DE CIERTO EN ESO, HERMANO.
MI SEÑOR THOR, TE LO RUEGO. LLÉVATE AL NIÑO Y A LA NIÑA.
THJALFI SABE MANIOBRAR NUESTRO BOTE DE PESCA COMO CUALQUIER HOMBRE, Y CORRE TAN RÁPIDO COMO EL VIENTO. PUEDE GUIARTE A LA TIERRA DE LOS GIGANTES.
Y NO HAY MEJOR COCINERA POR ESTAS TIERRAS QUE RASKOVA. ESTARÁS BIEN ALIMENTADO Y SATISFECHO DURANTE EL VIAJE.

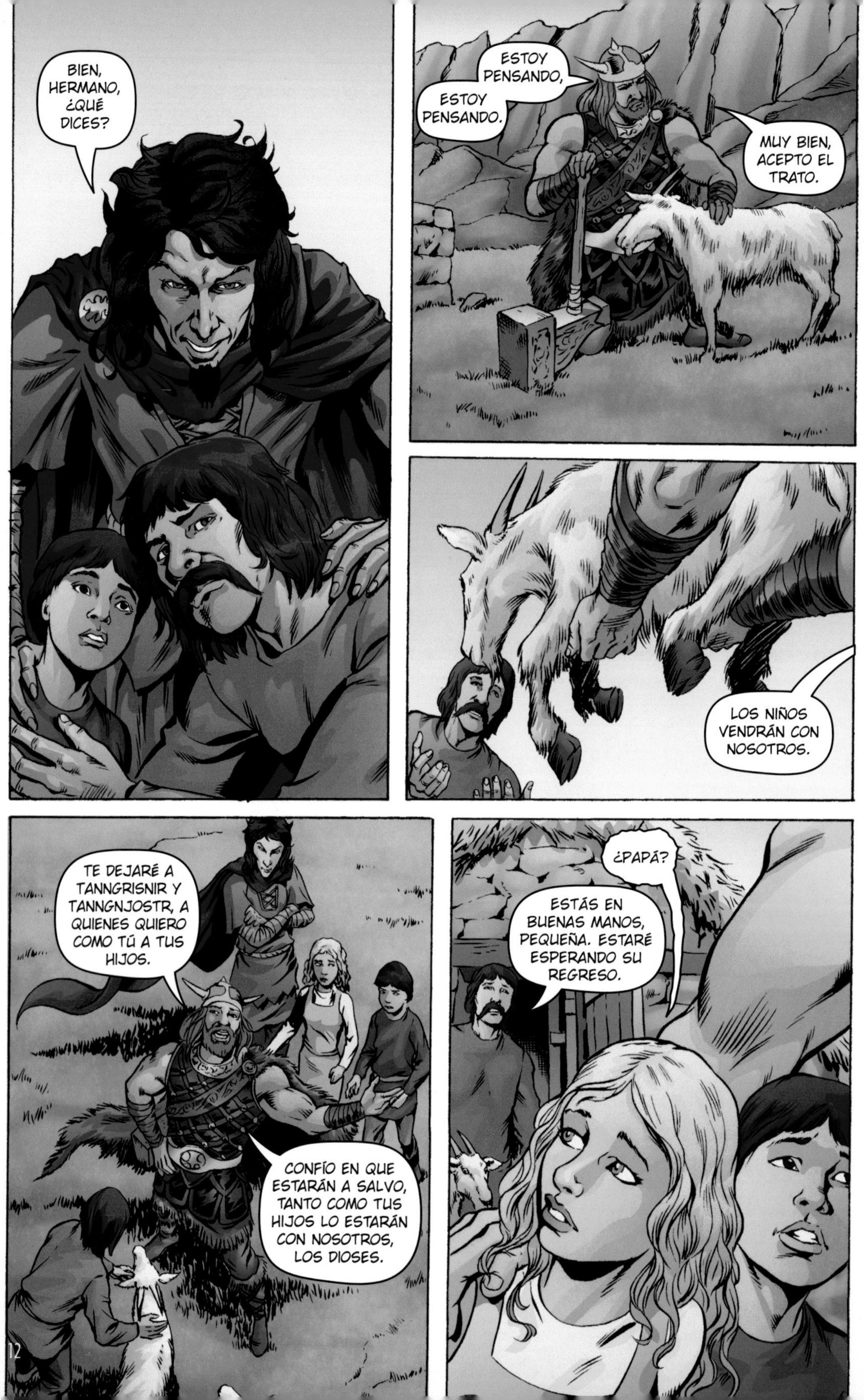
BIEN, HERMANO, ¿QUÉ DICES?
ESTOY PENSANDO,
ESTOY PENSANDO.
MUY BIEN, ACEPTO EL TRATO.
LOS NIÑOS VENDRÁN CON NOSOTROS.
TE DEJARÉ A TANNGRISNIR Y TANNGNJOSTR, A QUIENES QUIERO COMO TÚ A TUS HIJOS.
CONFÍO EN QUE ESTARÁN A SALVO, TANTO COMO TUS HIJOS LO ESTARÁN CON NOSOTROS, LOS DIOSES.
¿PAPÁ?
ESTÁS EN BUENAS MANOS, PEQUEÑA. ESTARÉ ESPERANDO SU REGRESO.

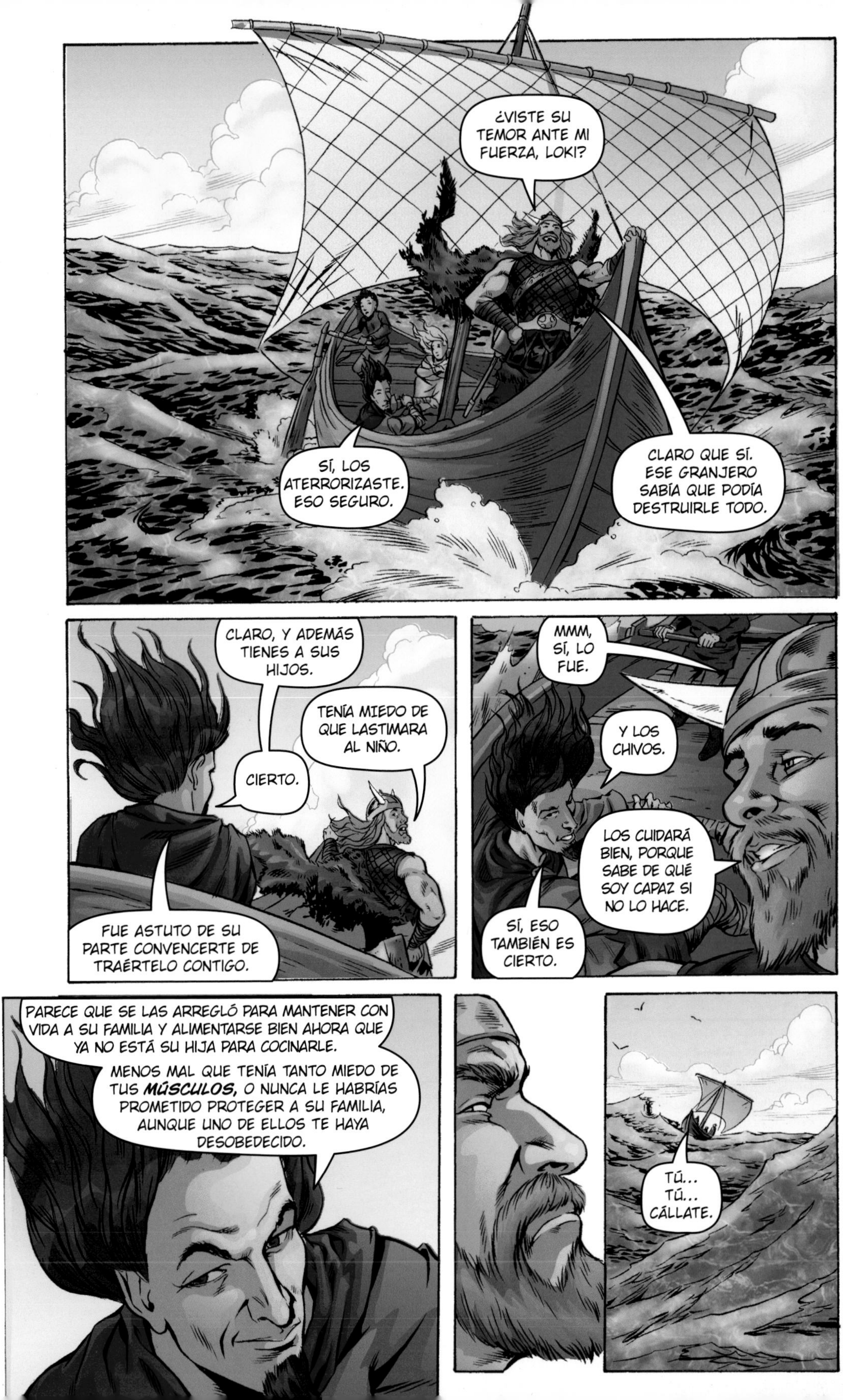
¿VISTE SU TEMOR ANTE MI FUERZA, LOKI?
SÍ, LOS ATERRORIZASTE. ESO SEGURO.
CLARO QUE SÍ. ESE GRANJERO SABÍA QUE PODÍA DESTRUIRLE TODO.
CLARO, Y ADEMÁS TIENES A SUS HIJOS.
CIERTO.
TENÍA MIEDO DE QUE LASTIMARA AL NIÑO.
FUE ASTUTO DE SU PARTE CONVENCERTE DE TRAÉRTELO CONTIGO.
MMM, SÍ, LO FUE.
Y LOS CHIVOS.
LOS CUIDARÁ BIEN, PORQUE SABE DE QUÉ SOY CAPAZ SI NO LO HACE.
SÍ, ESO TAMBIÉN ES CIERTO.
PARECE QUE SE LAS ARREGLÓ PARA MANTENER CON VIDA A SU FAMILIA Y ALIMENTARSE BIEN AHORA QUE YA NO ESTÁ SU HIJA PARA COCINARLE.
MENOS MAL QUE TENÍA TANTO MIEDO DE TUS ***MÚSCULOS,*** O NUNCA LE HABRÍAS PROMETIDO PROTEGER A SU FAMILIA, AUNQUE UNO DE ELLOS TE HAYA DESOBEDECIDO.
TÚ... TÚ... CÁLLATE.

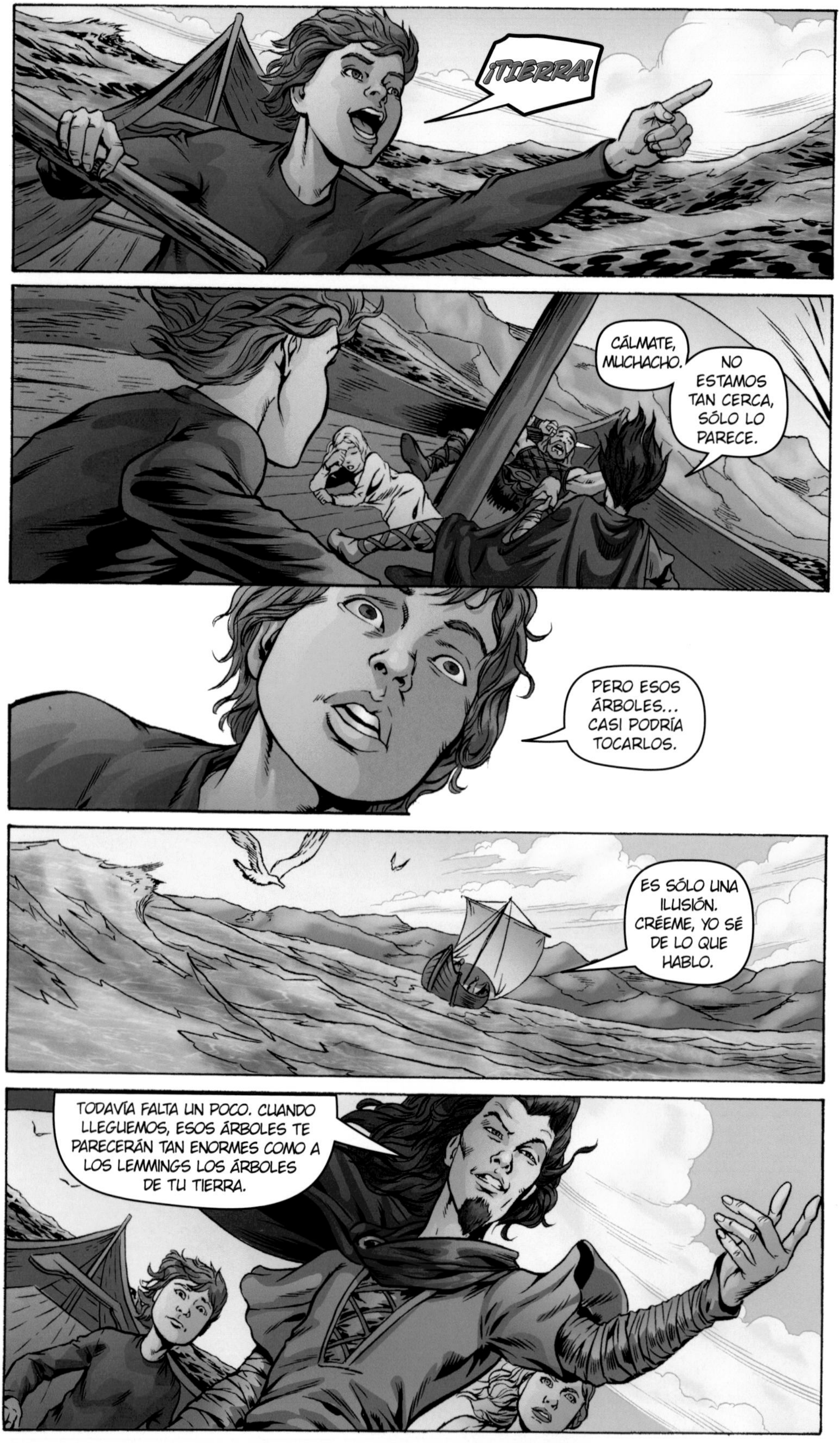
¡TIERRA!
CÁLMATE, MUCHACHO.
NO ESTAMOS TAN CERCA, SÓLO LO PARECE.
PERO ESOS ÁRBOLES... CASI PODRÍA TOCARLOS.
ES SÓLO UNA ILUSIÓN. CRÉEME, YO SÉ DE LO QUE HABLO.
TODAVÍA FALTA UN POCO. CUANDO LLEGUEMOS, ESOS ÁRBOLES TE PARECERÁN TAN ENORMES COMO A LOS LEMMINGS LOS ÁRBOLES DE TU TIERRA.

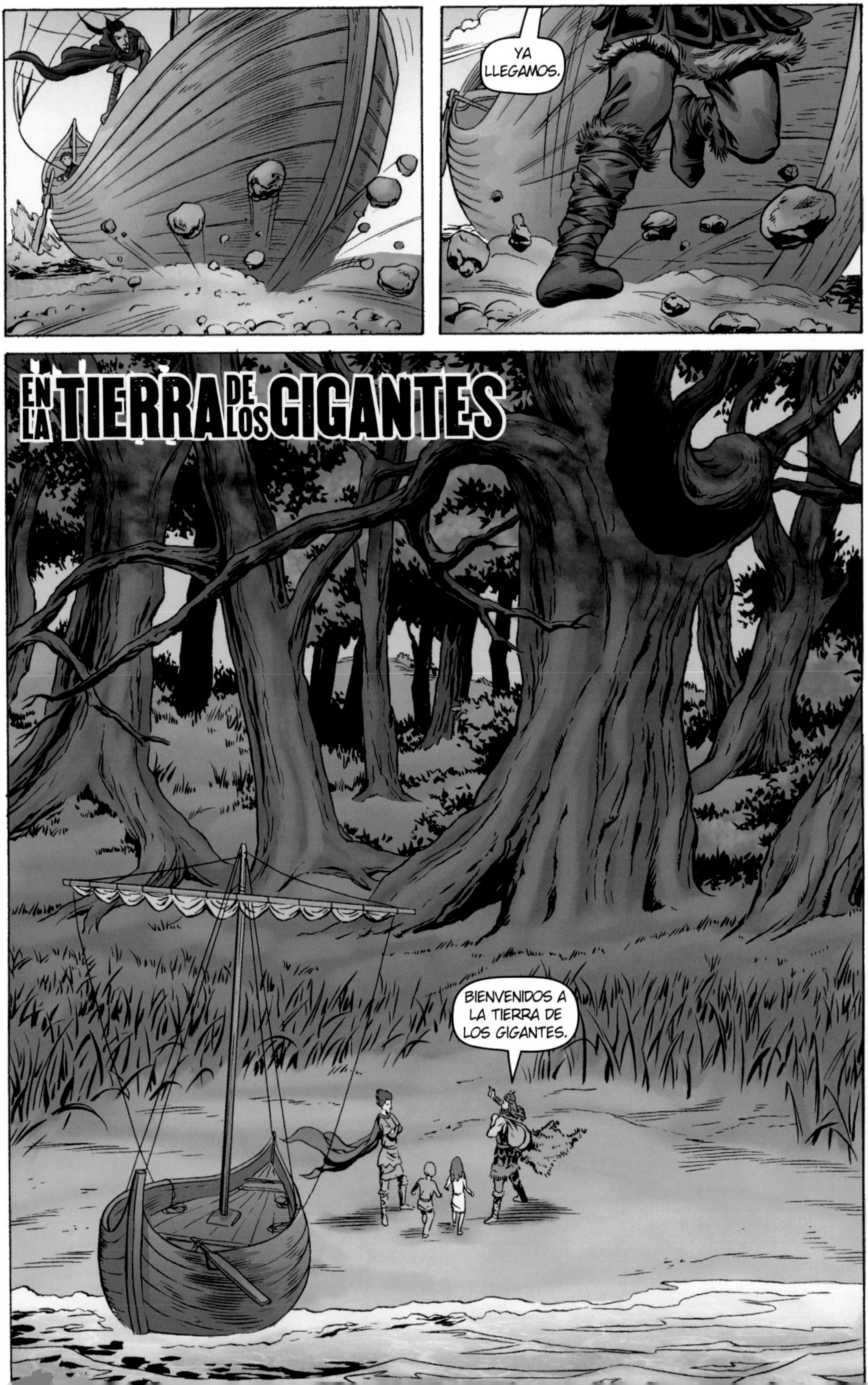
YA LLEGAMOS.
EN LA TIERRA DE LOS GIGANTES
BIENVENIDOS A LA TIERRA DE LOS GIGANTES.

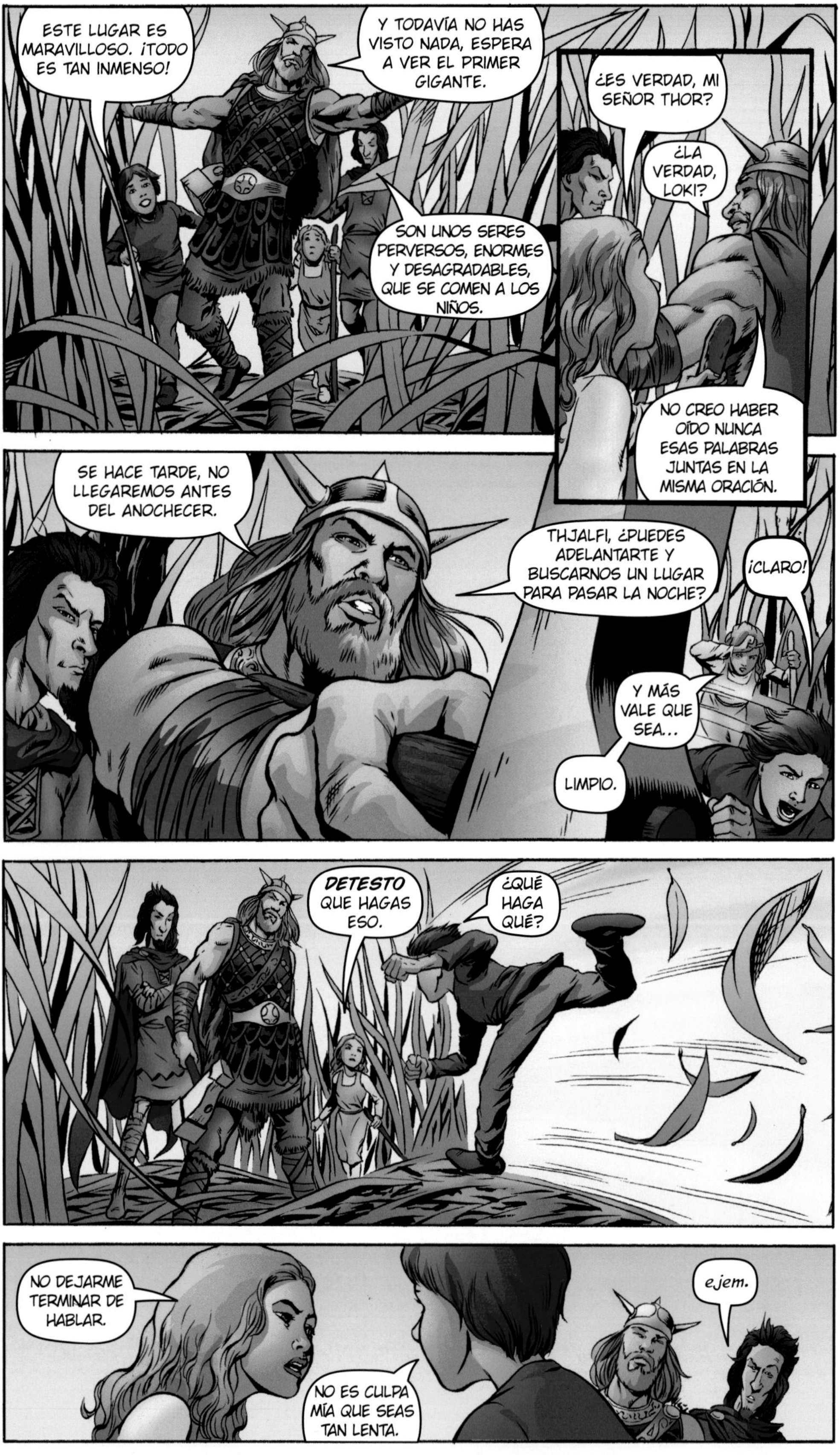
ESTE LUGAR ES MARAVILLOSO. ¡TODO ES TAN INMENSO!
Y TODAVÍA NO HAS VISTO NADA, ESPERA A VER EL PRIMER GIGANTE.
SON UNOS SERES PERVERSOS, ENORMES Y DESAGRADABLES, QUE SE COMEN A LOS NIÑOS.
¿ES VERDAD, MI SEÑOR THOR?
¿LA VERDAD, LOKI?
NO CREO HABER OÍDO NUNCA ESAS PALABRAS JUNTAS EN LA MISMA ORACIÓN.
SE HACE TARDE, NO LLEGAREMOS ANTES DEL ANOCHECER.
THJALFI, ¿PUEDES ADELANTARTE Y BUSCARNOS UN LUGAR PARA PASAR LA NOCHE?
¡CLARO!
Y MÁS VALE QUE SEA...
LIMPIO.
DETESTO QUE HAGAS ESO.
¿QUÉ HAGA QUÉ?
NO DEJARME TERMINAR DE HABLAR.
NO ES CULPA MÍA QUE SEAS TAN LENTA.
ejem.

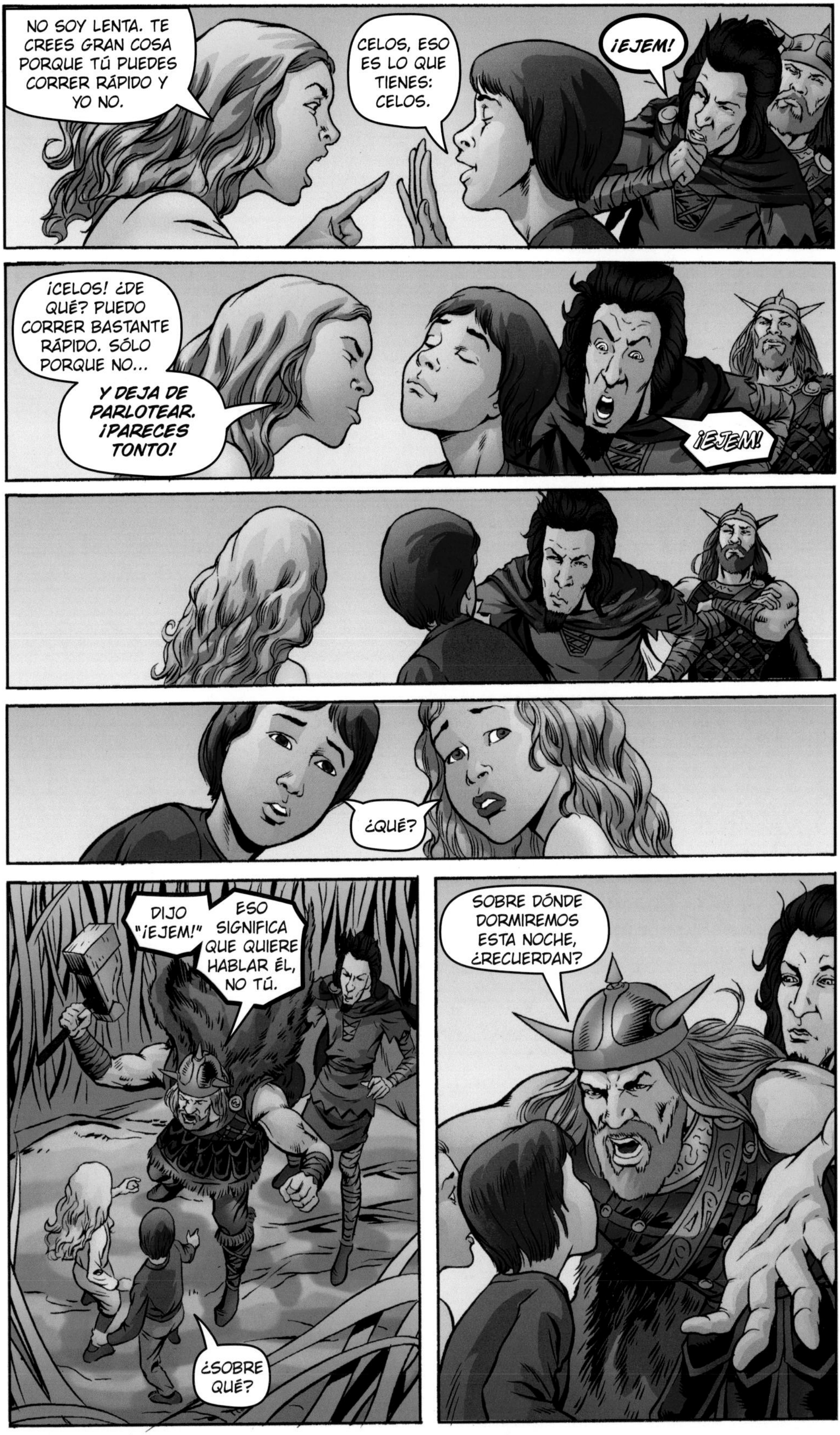
NO SOY LENTA. TE CREES GRAN COSA PORQUE TÚ PUEDES CORRER RÁPIDO Y YO NO.
CELOS, ESO ES LO QUE TIENES: CELOS.
¡EJEM!
¡CELOS! ¿DE QUÉ? PUEDO CORRER BASTANTE RÁPIDO. SÓLO PORQUE NO...
Y DEJA DE PARLOTEAR. ¡PARECES TONTO!
¡EJEM!
¿QUÉ?
DIJO "¡EJEM!"
ESO SIGNIFICA QUE QUIERE HABLAR ÉL, NO TÚ.
¿SOBRE QUÉ?
SOBRE DÓNDE DORMIREMOS ESTA NOCHE, ¿RECUERDAN?

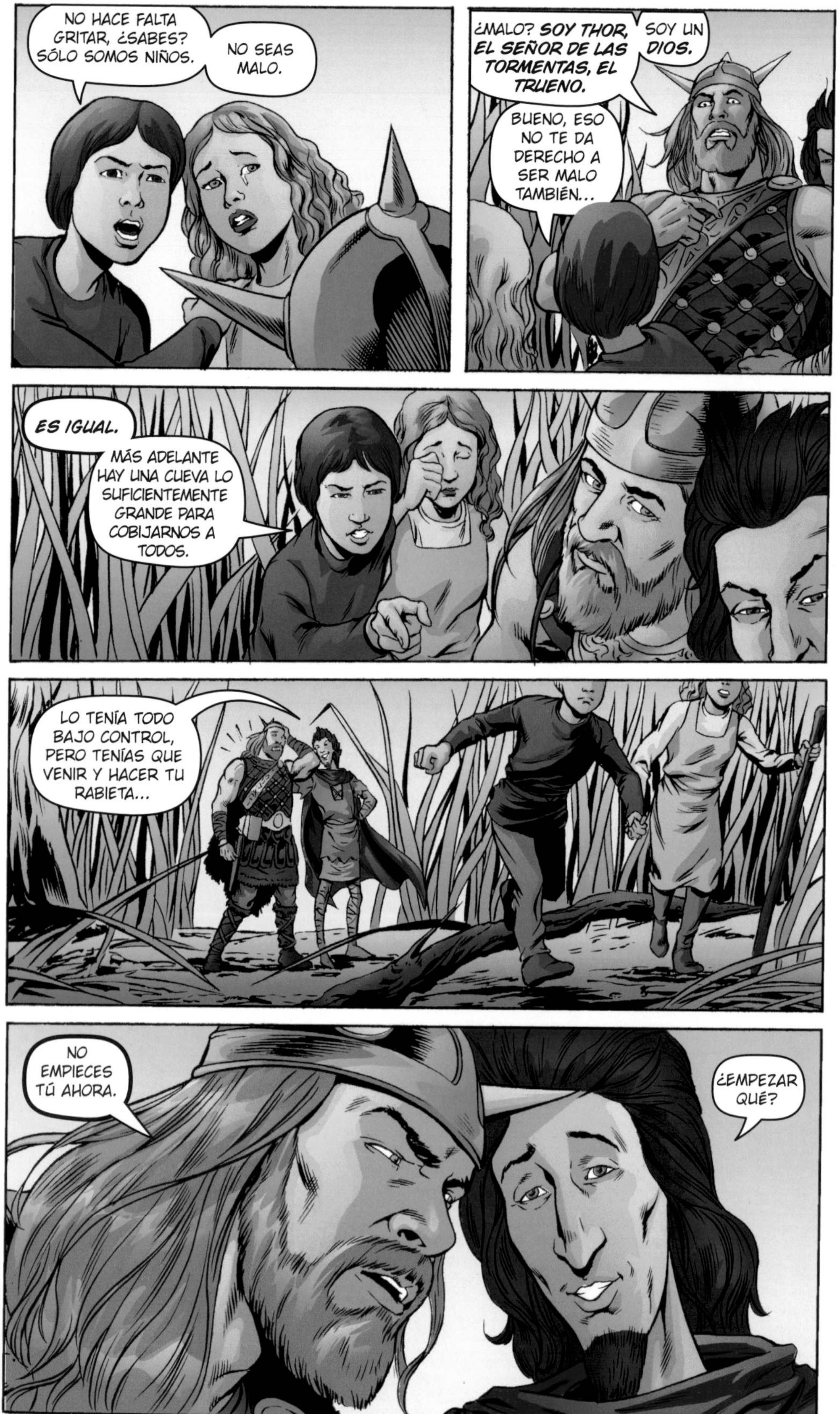
NO HACE FALTA GRITAR, ¿SABES? SÓLO SOMOS NIÑOS.
NO SEAS MALO.
¿MALO? SOY THOR, EL SEÑOR DE LAS TORMENTAS, EL TRUENO.
SOY UN DIOS.
BUENO, ESO NO TE DA DERECHO A SER MALO TAMBIÉN...
ES IGUAL.
MÁS ADELANTE HAY UNA CUEVA LO SUFICIENTEMENTE GRANDE PARA COBIJARNOS A TODOS.
LO TENÍA TODO BAJO CONTROL, PERO TENÍAS QUE VENIR Y HACER TU RABIETA...
NO EMPIECES TÚ AHORA.
¿EMPEZAR QUÉ?

AQUÍ ES.

¿QUÉ LES PARECE?

ME PARECE QUE TENDRÁN QUE CONSEGUIRME ALGO PARA COCINAR.

¿ALCANZARÁ CON ESTO?

TAL VEZ UN POCO MÁS, NO SOMOS SÓLO TÚ Y YO Y NUESTRO PADRE.

MI SEÑOR THOR, ¿PODRÍA ENCENDER EL FUEGO?

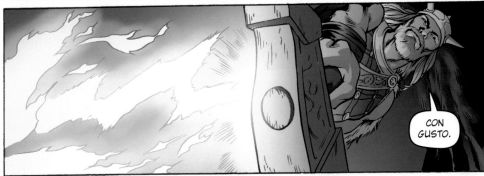

CON GUSTO.

AHORA DENME UNOS MINUTOS, Y COMEREMOS TAN BIEN COMO CON VUESTROS CHIVOS, MI SEÑOR.

¡BUUUUUUUUUUUUUUUUOOOO!

¿QUÉ FUE ESO?

DÉJAME VER.

NO ENCONTRÉ NADA.

NO DEBE SER NADA, CREO QUE ESTAMOS A SALVO.

¡BUUUUUUUUUUUUUUUUOOOO!

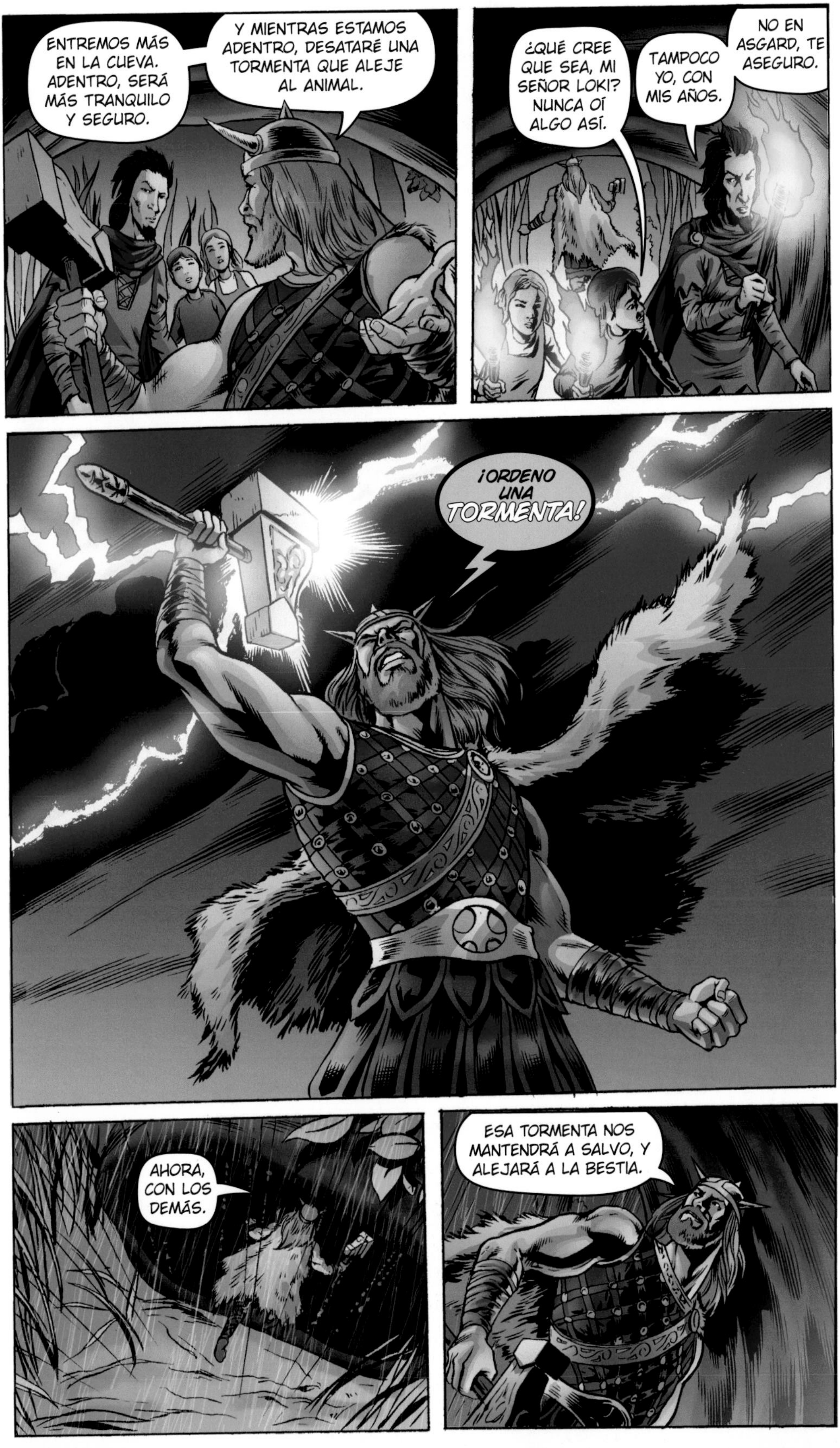
ENTREMOS MÁS EN LA CUEVA. ADENTRO, SERÁ MÁS TRANQUILO Y SEGURO.
Y MIENTRAS ESTAMOS ADENTRO, DESATARÉ UNA TORMENTA QUE ALEJE AL ANIMAL.
¿QUÉ CREE QUE SEA, MI SEÑOR LOKI? NUNCA OÍ ALGO ASÍ.
TAMPOCO YO, CON MIS AÑOS.
NO EN ASGARD, TE ASEGURO.
¡ORDENO UNA TORMENTA!
AHORA, CON LOS DEMÁS.
ESA TORMENTA NOS MANTENDRÁ A SALVO, Y ALEJARÁ A LA BESTIA.

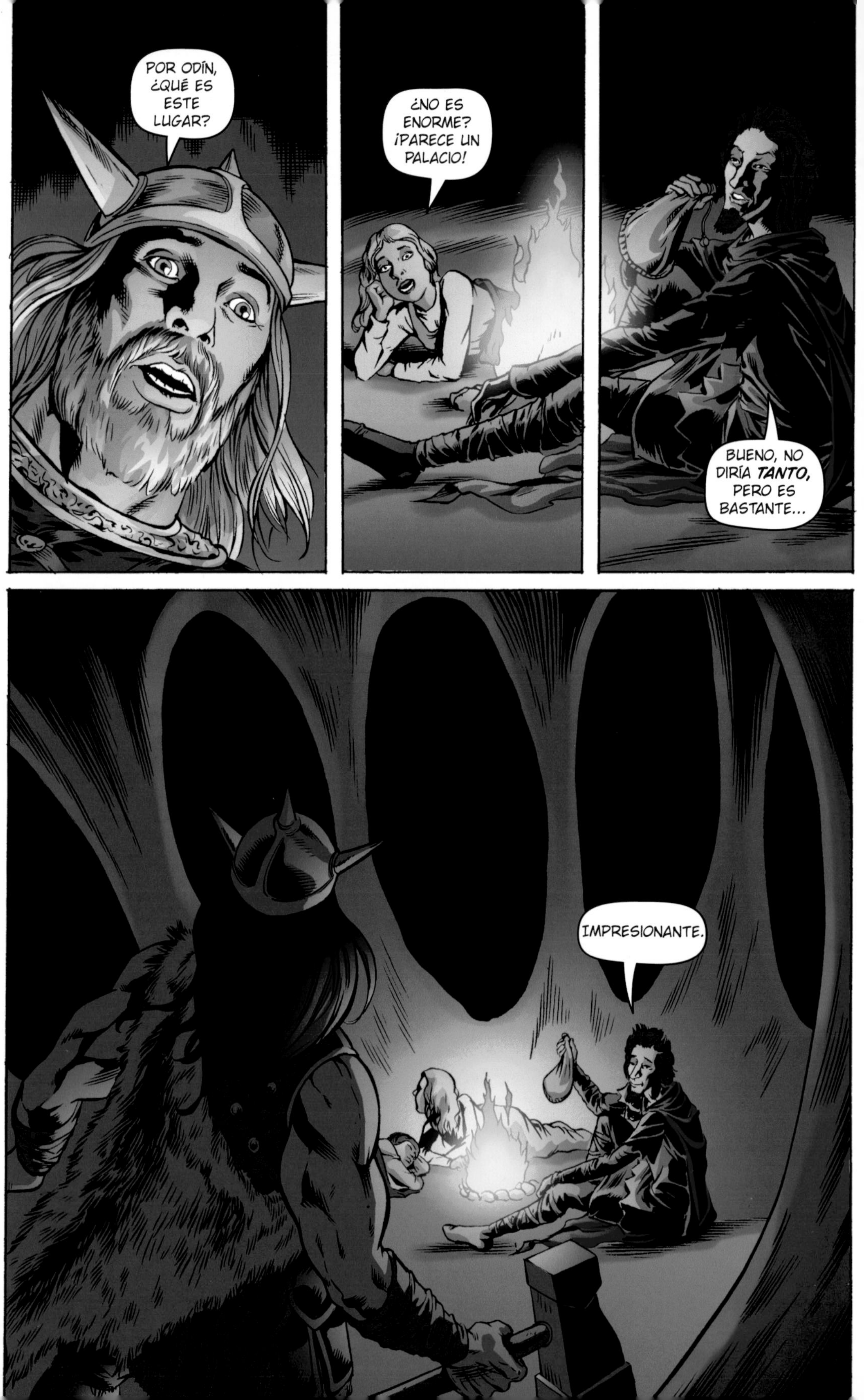
POR ODÍN, ¿QUÉ ES ESTE LUGAR?
¿NO ES ENORME? ¡PARECE UN PALACIO!
BUENO, NO DIRÍA *TANTO,* PERO ES BASTANTE...
IMPRESIONANTE.

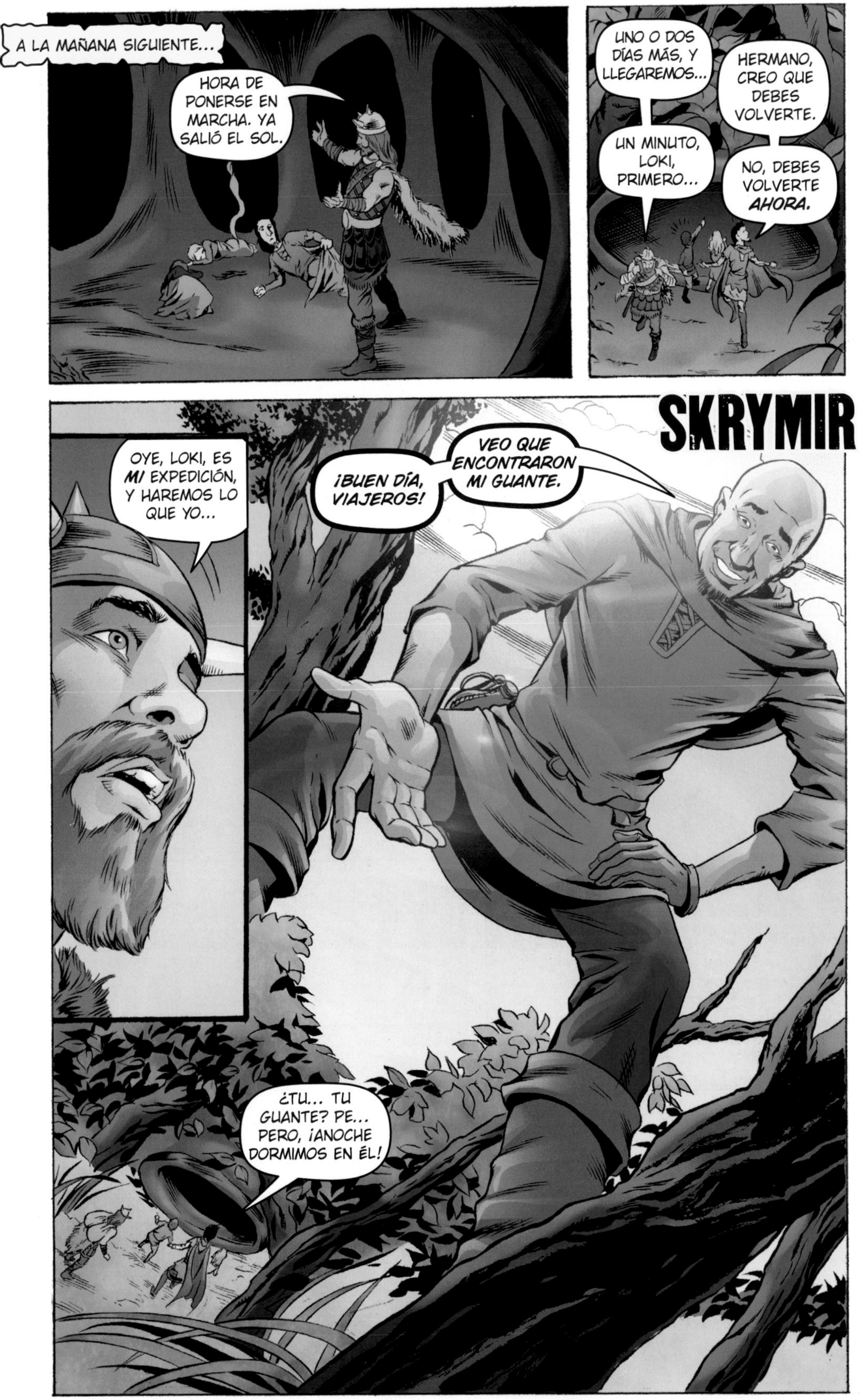
A LA MAÑANA SIGUIENTE...
HORA DE PONERSE EN MARCHA. YA SALIÓ EL SOL.
UNO O DOS DÍAS MÁS, Y LLEGAREMOS...
HERMANO, CREO QUE DEBES VOLVERTE.
UN MINUTO, LOKI, PRIMERO...
NO, DEBES VOLVERTE AHORA.
SKRYMIR
OYE, LOKI, ES MI EXPEDICIÓN, Y HAREMOS LO QUE YO...
¡BUEN DÍA, VIAJEROS!
VEO QUE ENCONTRARON MI GUANTE.
¿TU... TU GUANTE? PE... PERO, ¡ANOCHE DORMIMOS EN ÉL!

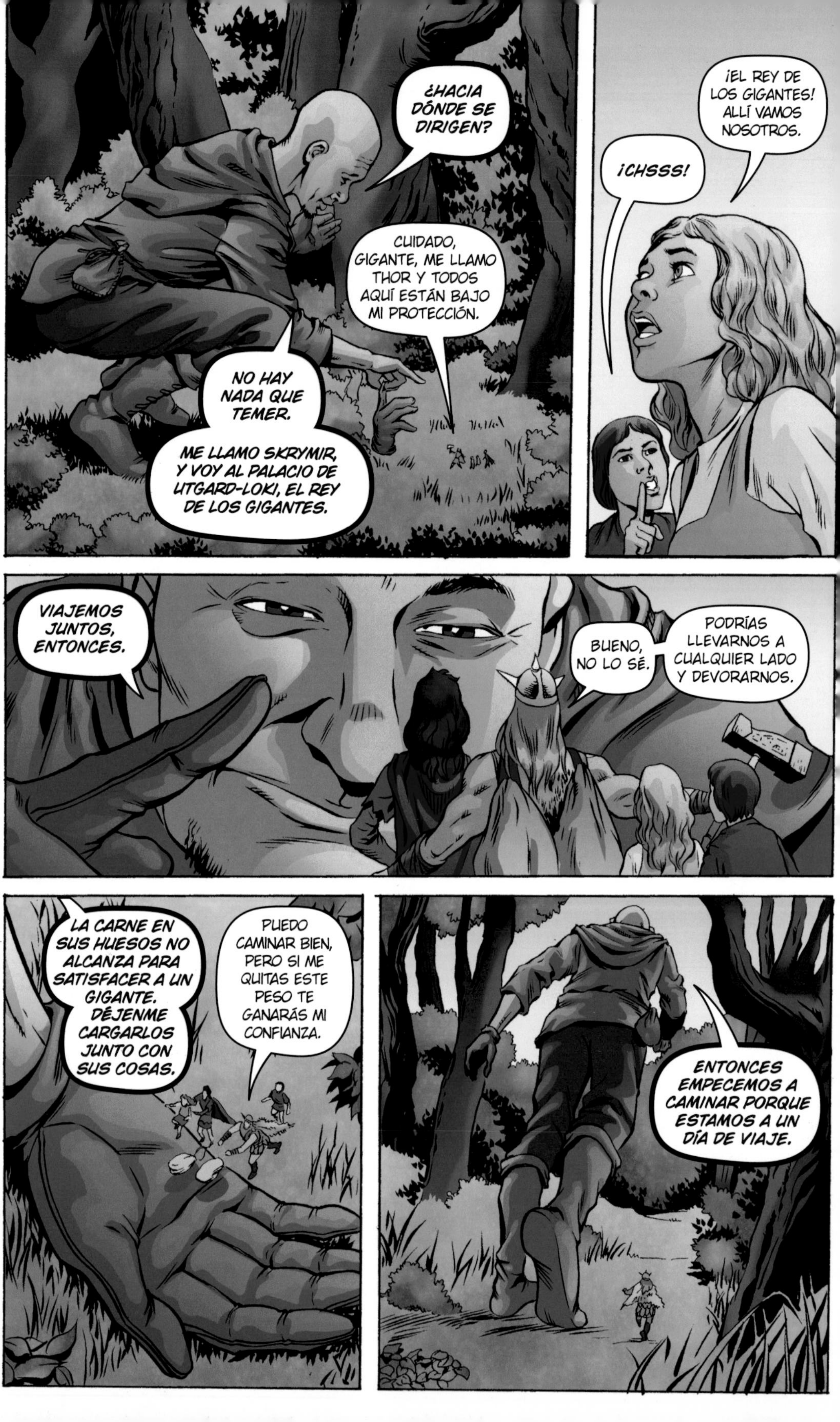
¿HACIA DÓNDE SE DIRIGEN?
CUIDADO, GIGANTE, ME LLAMO THOR Y TODOS AQUÍ ESTÁN BAJO MI PROTECCIÓN.
NO HAY NADA QUE TEMER.
ME LLAMO SKRYMIR, Y VOY AL PALACIO DE UTGARD-LOKI, EL REY DE LOS GIGANTES.
¡EL REY DE LOS GIGANTES! ALLÍ VAMOS NOSOTROS.
¡CHSSS!
VIAJEMOS JUNTOS, ENTONCES.
BUENO, NO LO SÉ.
PODRÍAS LLEVARNOS A CUALQUIER LADO Y DEVORARNOS.
LA CARNE EN SUS HUESOS NO ALCANZA PARA SATISFACER A UN GIGANTE. DÉJENME CARGARLOS JUNTO CON SUS COSAS.
PUEDO CAMINAR BIEN, PERO SI ME QUITAS ESTE PESO TE GANARÁS MI CONFIANZA.
ENTONCES EMPECEMOS A CAMINAR PORQUE ESTAMOS A UN DÍA DE VIAJE.

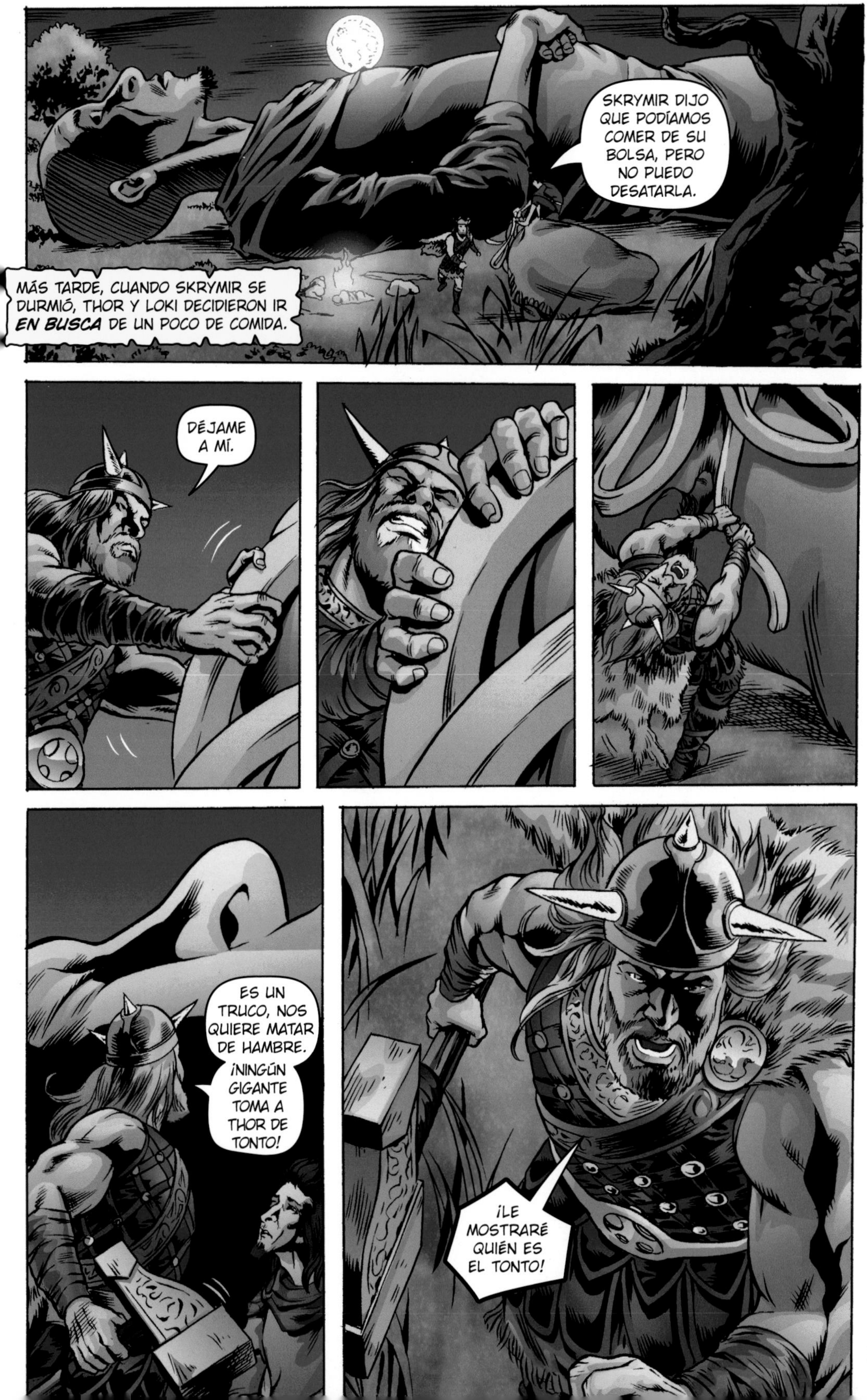
MÁS TARDE, CUANDO SKRYMIR SE DURMIÓ, THOR Y LOKI DECIDIERON IR *EN BUSCA* DE UN POCO DE COMIDA.
SKRYMIR DIJO QUE PODÍAMOS COMER DE SU BOLSA, PERO NO PUEDO DESATARLA.
DÉJAME A MÍ.
ES UN TRUCO, NOS QUIERE MATAR DE HAMBRE.
¡NINGÚN GIGANTE TOMA A THOR DE TONTO!
¡LE MOSTRARÉ QUIÉN ES EL TONTO!

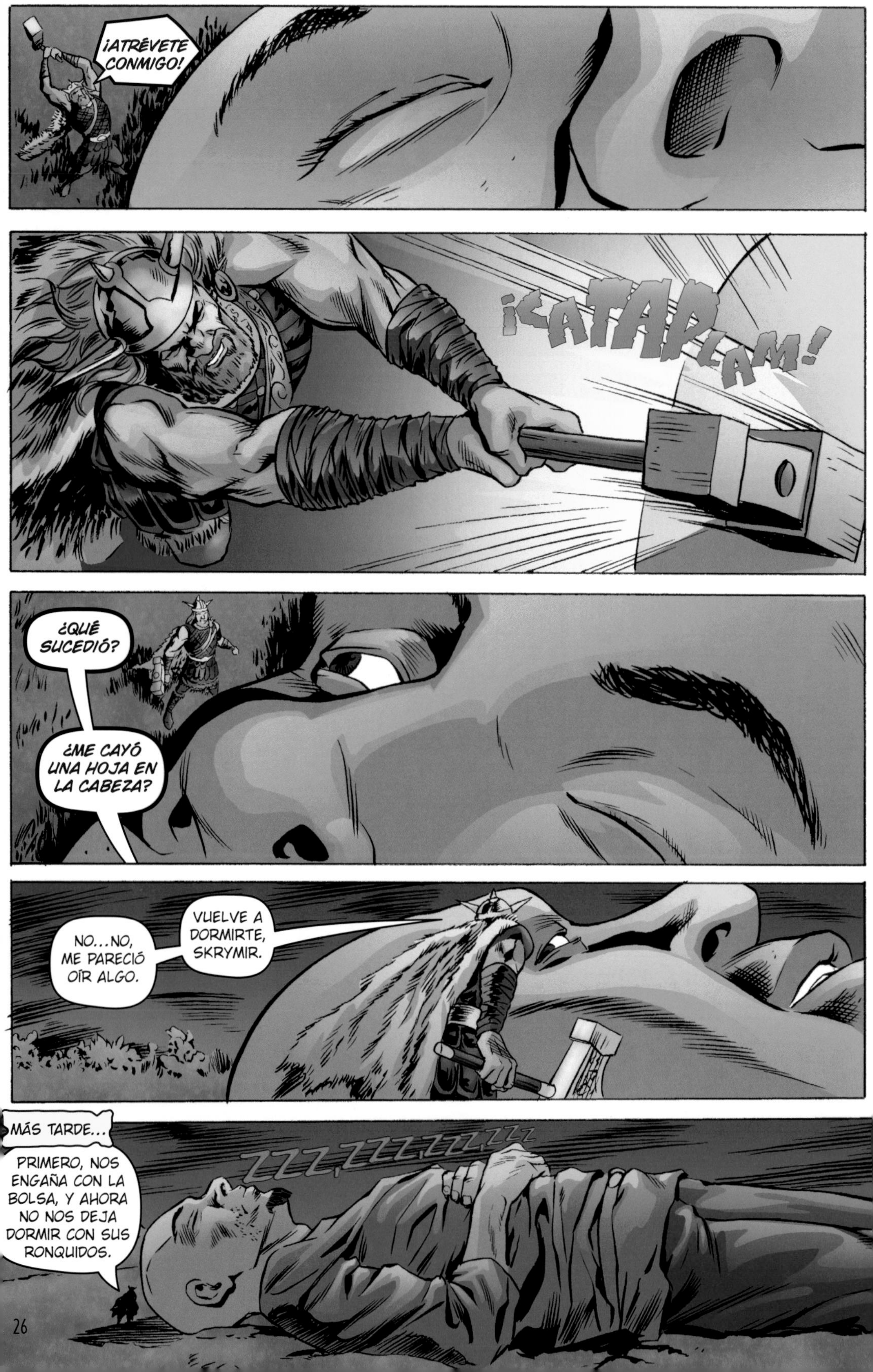
¡ATRÉVETE CONMIGO!
¡CATAPLAM!
¿QUÉ SUCEDIÓ?
¿ME CAYÓ UNA HOJA EN LA CABEZA?
NO...NO, ME PARECIÓ OÍR ALGO.
VUELVE A DORMIRTE, SKRYMIR.
MÁS TARDE...
PRIMERO, NOS ENGAÑA CON LA BOLSA, Y AHORA NO NOS DEJA DORMIR CON SUS RONQUIDOS.
ZZZ, ZZZ, ZZZ, ZZZ

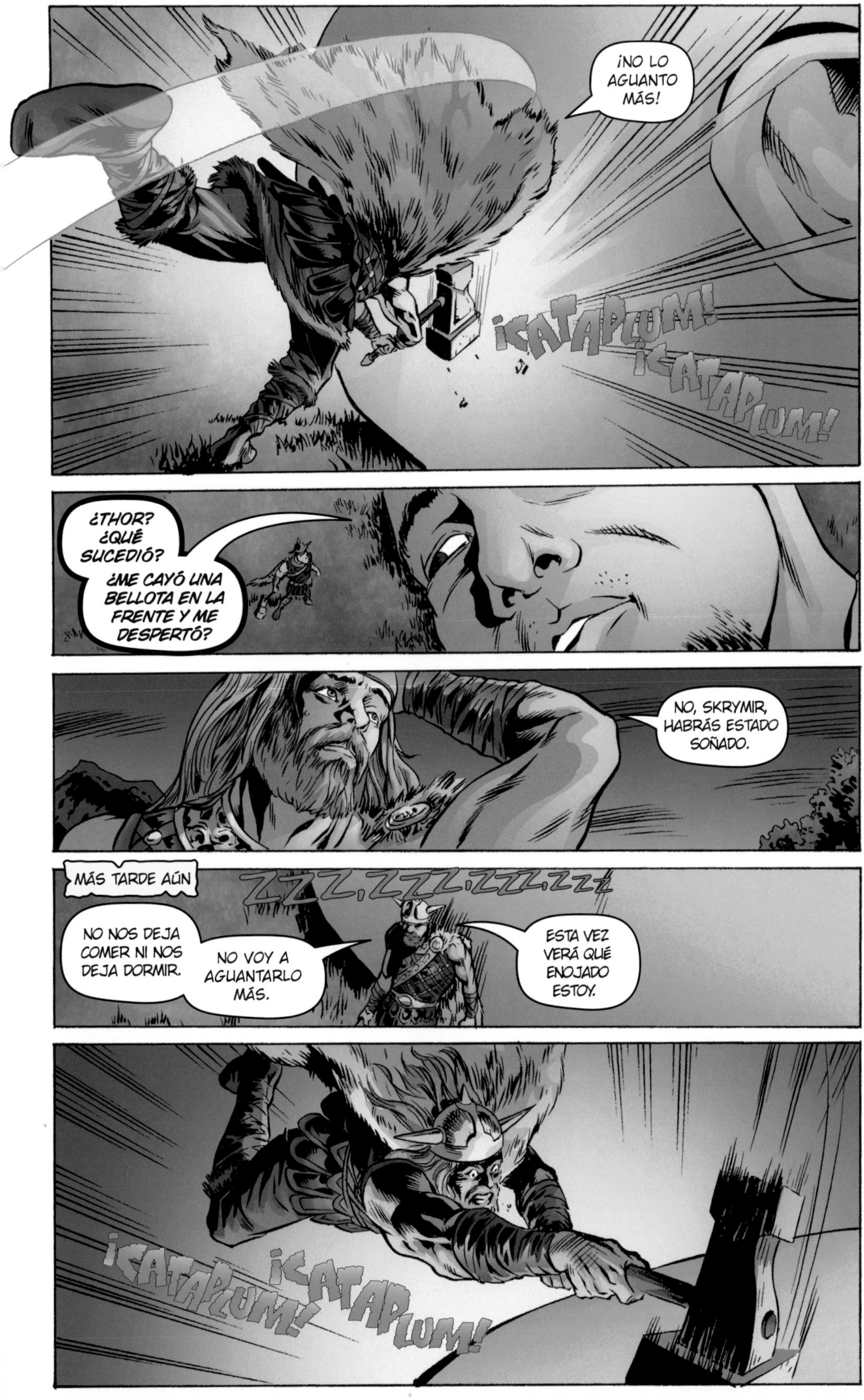
¡NO LO AGUANTO MÁS!
¡CATAPLUM!
¡CATAPLUM!
¿THOR? ¿QUÉ SUCEDIÓ?
¿ME CAYÓ UNA BELLOTA EN LA FRENTE Y ME DESPERTÓ?
NO, SKRYMIR, HABRÁS ESTADO SOÑADO.
MÁS TARDE AÚN
ZZZ, ZZZ, ZZZ, ZZZ
NO NOS DEJA COMER NI NOS DEJA DORMIR.
NO VOY A AGUANTARLO MÁS.
ESTA VEZ VERÁ QUÉ ENOJADO ESTOY.
¡CATAPLUM!
¡CATAPLUM!

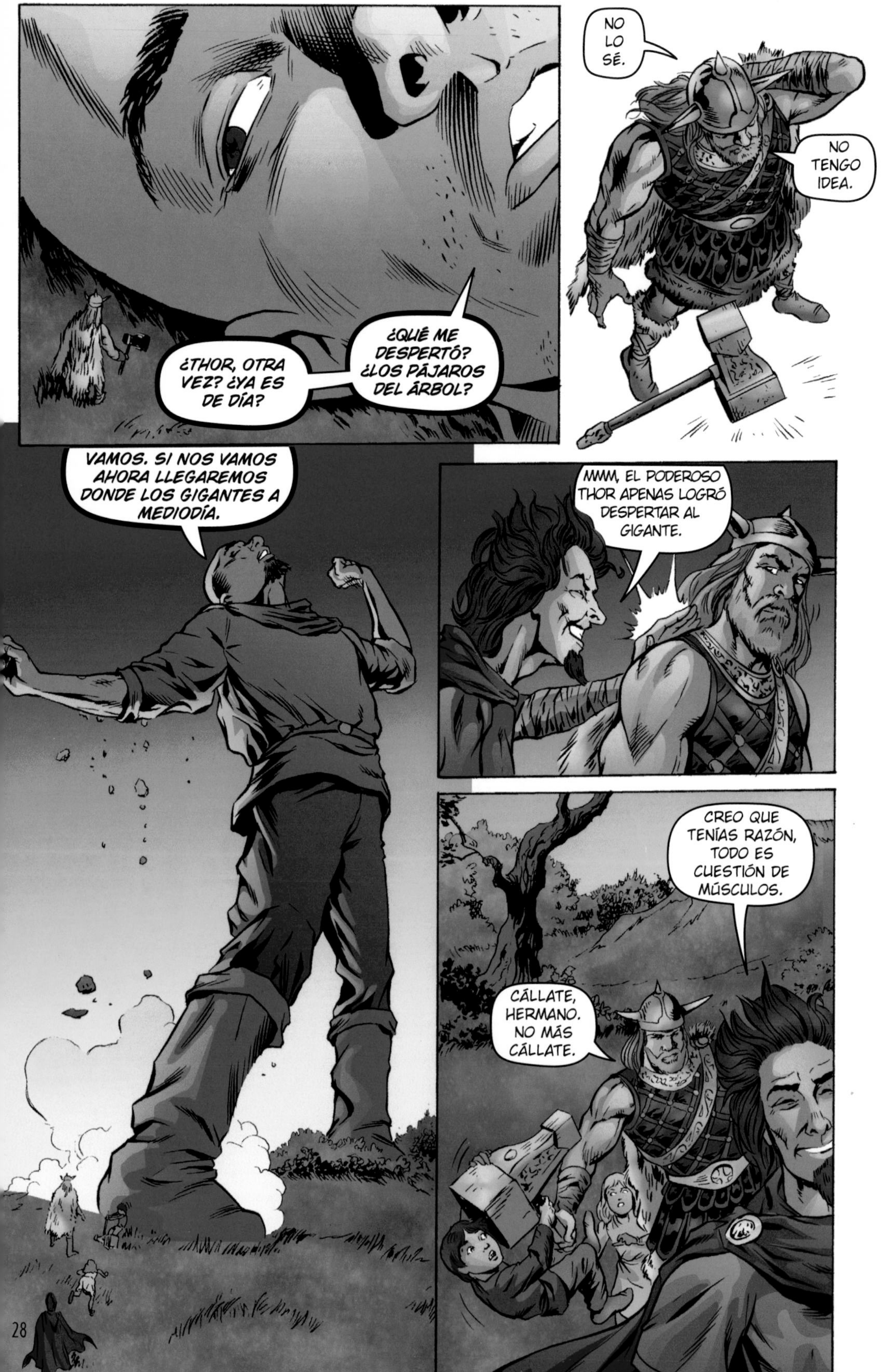
¿QUÉ ME DESPERTÓ? ¿LOS PÁJAROS DEL ÁRBOL?
¿THOR, OTRA VEZ? ¿YA ES DE DÍA?
NO LO SÉ.
NO TENGO IDEA.
VAMOS. SI NOS VAMOS AHORA LLEGAREMOS DONDE LOS GIGANTES A MEDIODÍA.
MMM, EL PODEROSO THOR APENAS LOGRÓ DESPERTAR AL GIGANTE.
CREO QUE TENÍAS RAZÓN, TODO ES CUESTIÓN DE MÚSCULOS.
CÁLLATE, HERMANO. NO MÁS CÁLLATE.

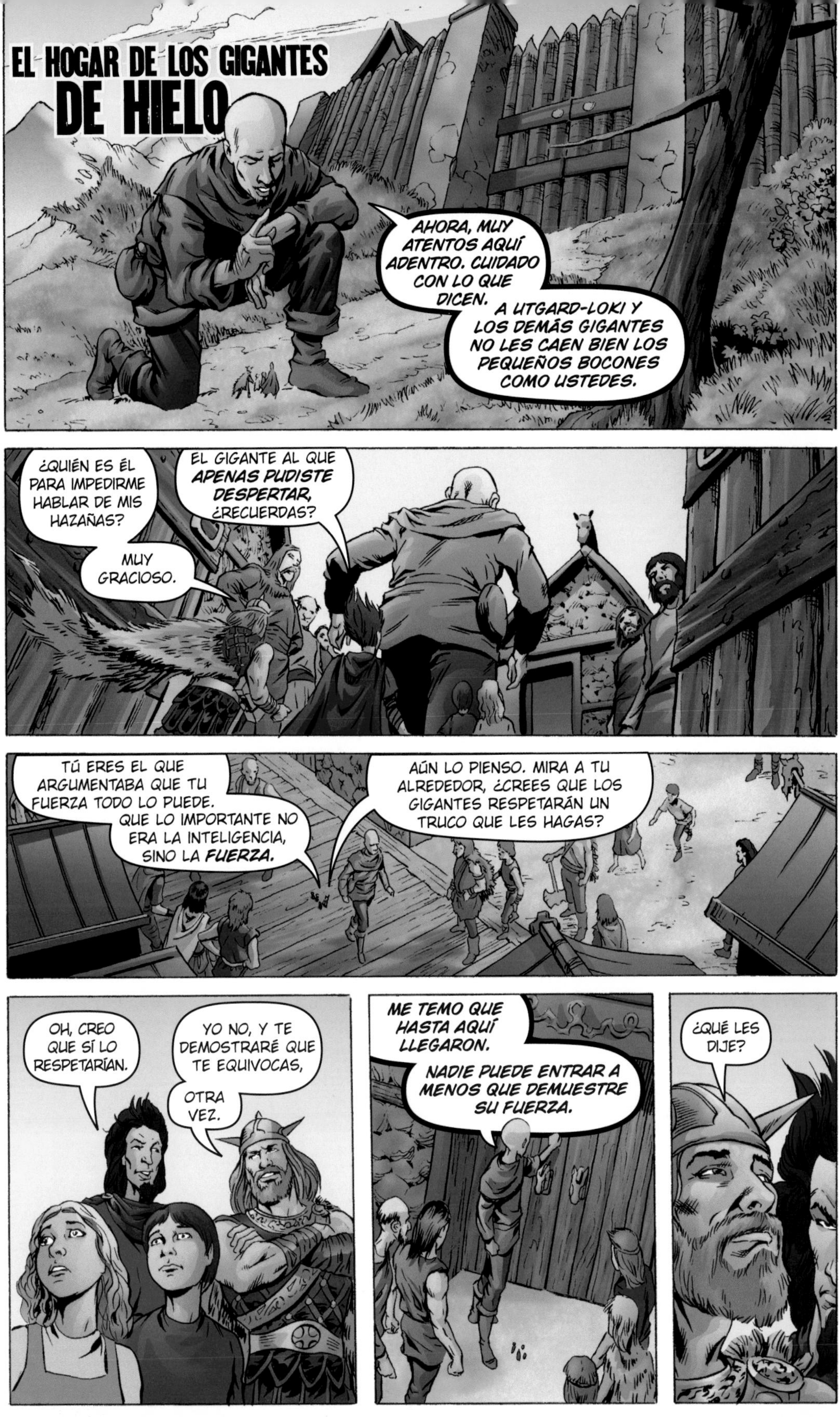
EL HOGAR DE LOS GIGANTES DE HIELO
AHORA, MUY ATENTOS AQUÍ ADENTRO. CUIDADO CON LO QUE DICEN.
A UTGARD-LOKI Y LOS DEMÁS GIGANTES NO LES CAEN BIEN LOS PEQUEÑOS BOCONES COMO USTEDES.
¿QUIÉN ES ÉL PARA IMPEDIRME HABLAR DE MIS HAZAÑAS?
EL GIGANTE AL QUE APENAS PUDISTE DESPERTAR, ¿RECUERDAS?
MUY GRACIOSO.
TÚ ERES EL QUE ARGUMENTABA QUE TU FUERZA TODO LO PUEDE.
QUE LO IMPORTANTE NO ERA LA INTELIGENCIA, SINO LA FUERZA.
AÚN LO PIENSO. MIRA A TU ALREDEDOR, ¿CREES QUE LOS GIGANTES RESPETARÁN UN TRUCO QUE LES HAGAS?
OH, CREO QUE SÍ LO RESPETARÍAN.
YO NO, Y TE DEMOSTRARÉ QUE TE EQUIVOCAS,
OTRA VEZ.
ME TEMO QUE HASTA AQUÍ LLEGARON.
NADIE PUEDE ENTRAR A MENOS QUE DEMUESTRE SU FUERZA.
¿QUÉ LES DIJE?

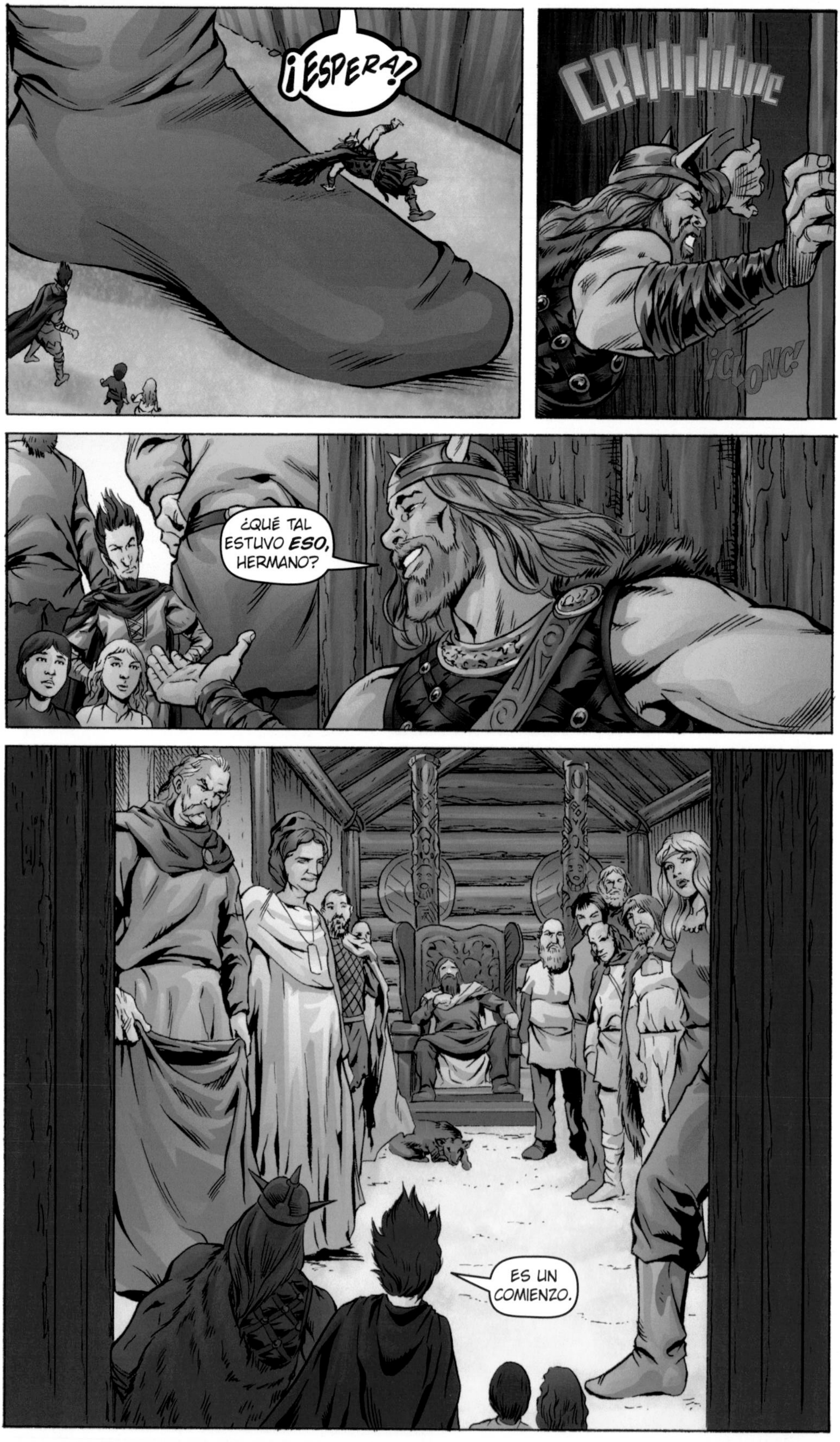
¡ESPERA!
CRIIIIIIIIIINC
¡CLONC!
¿QUÉ TAL ESTUVO ESO, HERMANO?
ES UN COMIENZO.

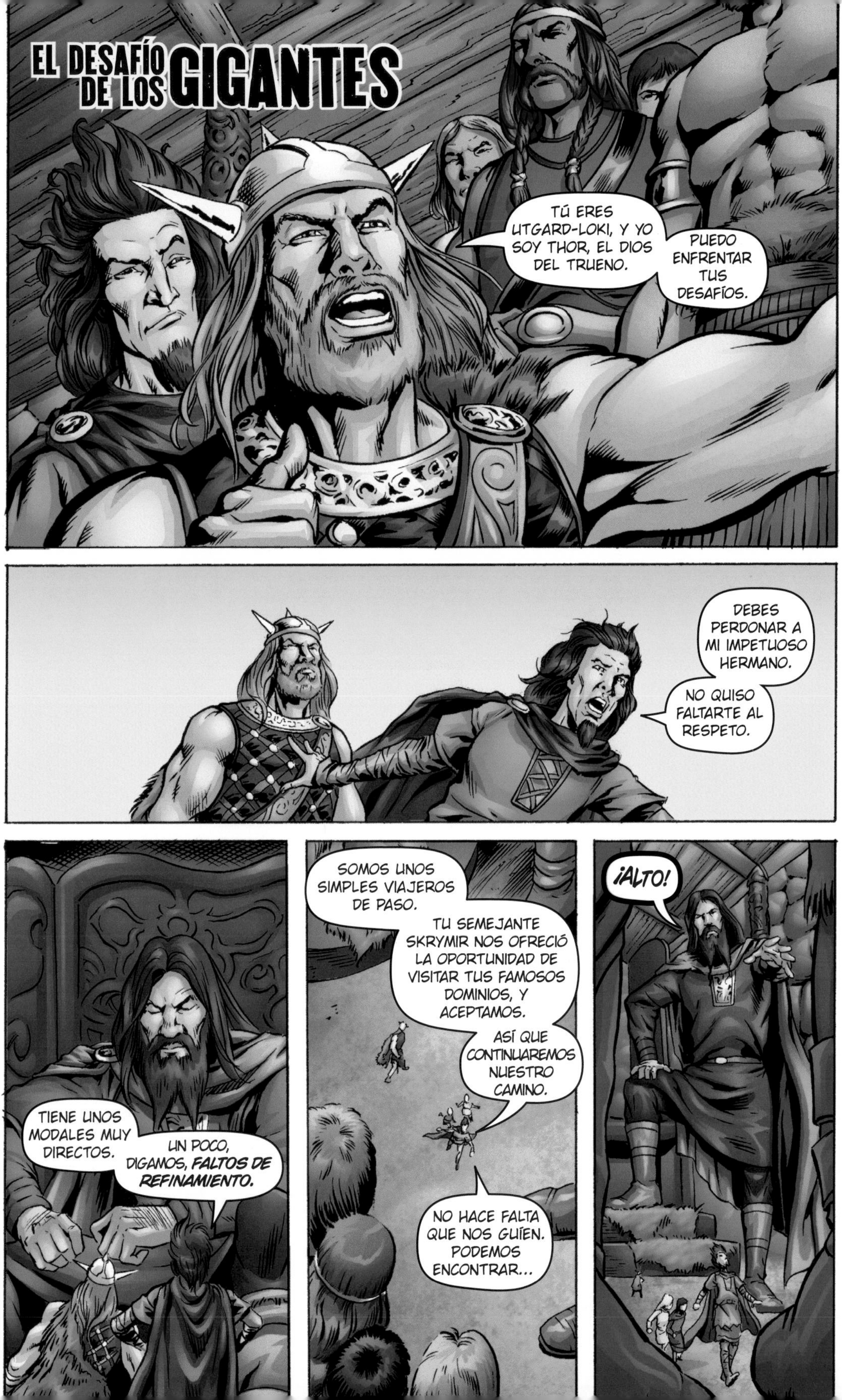
EL DESAFÍO DE LOS GIGANTES
TÚ ERES UTGARD-LOKI, Y YO SOY THOR, EL DIOS DEL TRUENO.
PUEDO ENFRENTAR TUS DESAFÍOS.
DEBES PERDONAR A MI IMPETUOSO HERMANO.
NO QUISO FALTARTE AL RESPETO.
TIENE UNOS MODALES MUY DIRECTOS.
UN POCO, DIGAMOS, FALTOS DE REFINAMIENTO.
SOMOS UNOS SIMPLES VIAJEROS DE PASO.
TU SEMEJANTE SKRYMIR NOS OFRECIÓ LA OPORTUNIDAD DE VISITAR TUS FAMOSOS DOMINIOS, Y ACEPTAMOS.
ASÍ QUE CONTINUAREMOS NUESTRO CAMINO.
NO HACE FALTA QUE NOS GUÍEN. PODEMOS ENCONTRAR...
¡ALTO!

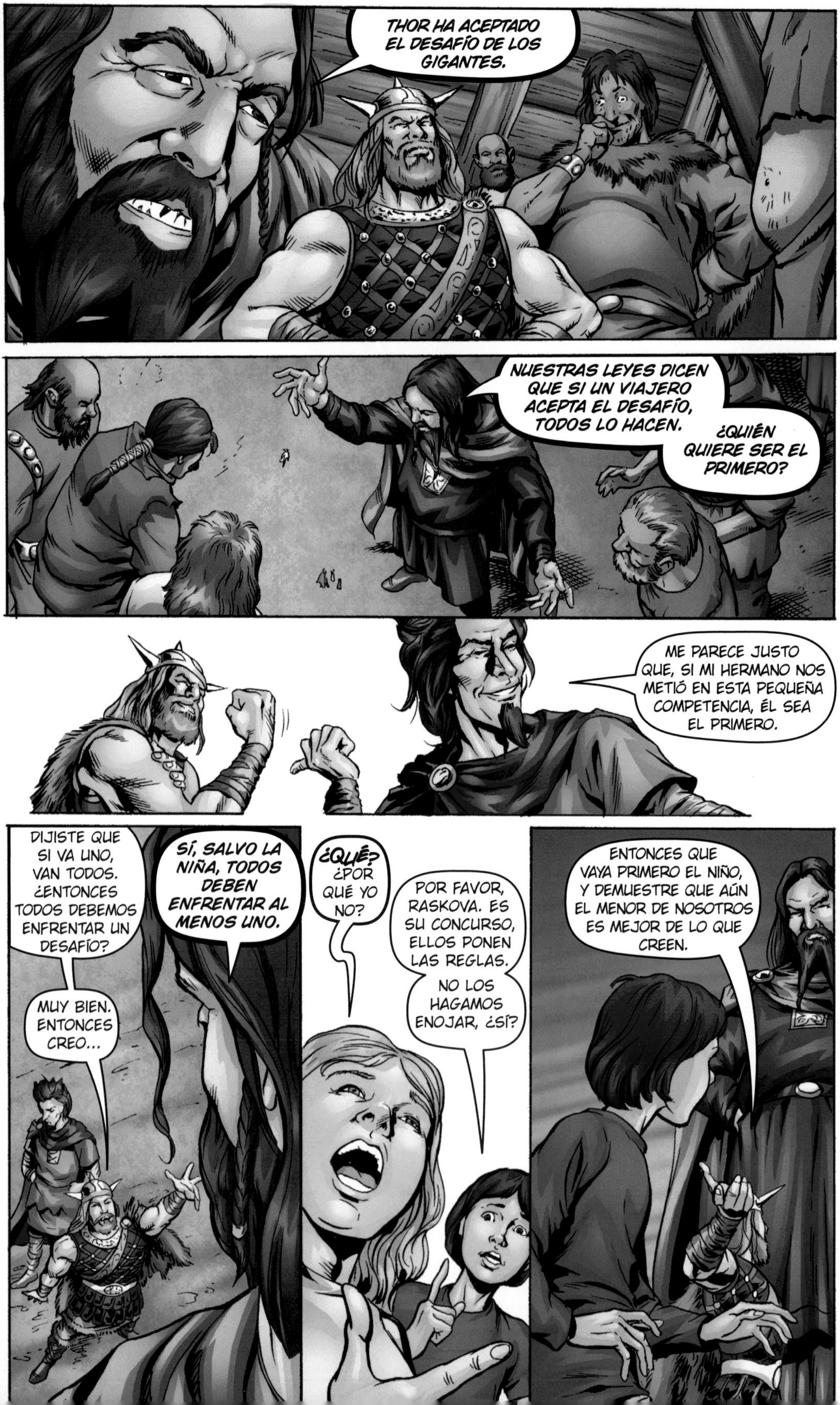
THOR HA ACEPTADO EL DESAFÍO DE LOS GIGANTES.
NUESTRAS LEYES DICEN QUE SI UN VIAJERO ACEPTA EL DESAFÍO, TODOS LO HACEN.
¿QUIÉN QUIERE SER EL PRIMERO?
ME PARECE JUSTO QUE, SI MI HERMANO NOS METIÓ EN ESTA PEQUEÑA COMPETENCIA, ÉL SEA EL PRIMERO.
DIJISTE QUE SI VA UNO, VAN TODOS. ¿ENTONCES TODOS DEBEMOS ENFRENTAR UN DESAFÍO?
SÍ, SALVO LA NIÑA, TODOS DEBEN ENFRENTAR AL MENOS UNO.
MUY BIEN. ENTONCES CREO...
¿QUÉ? ¿POR QUÉ YO NO?
POR FAVOR, RASKOVA. ES SU CONCURSO, ELLOS PONEN LAS REGLAS.
NO LOS HAGAMOS ENOJAR, ¿SÍ?
ENTONCES QUE VAYA PRIMERO EL NIÑO, Y DEMUESTRE QUE AÚN EL MENOR DE NOSOTROS ES MEJOR DE LO QUE CREEN.

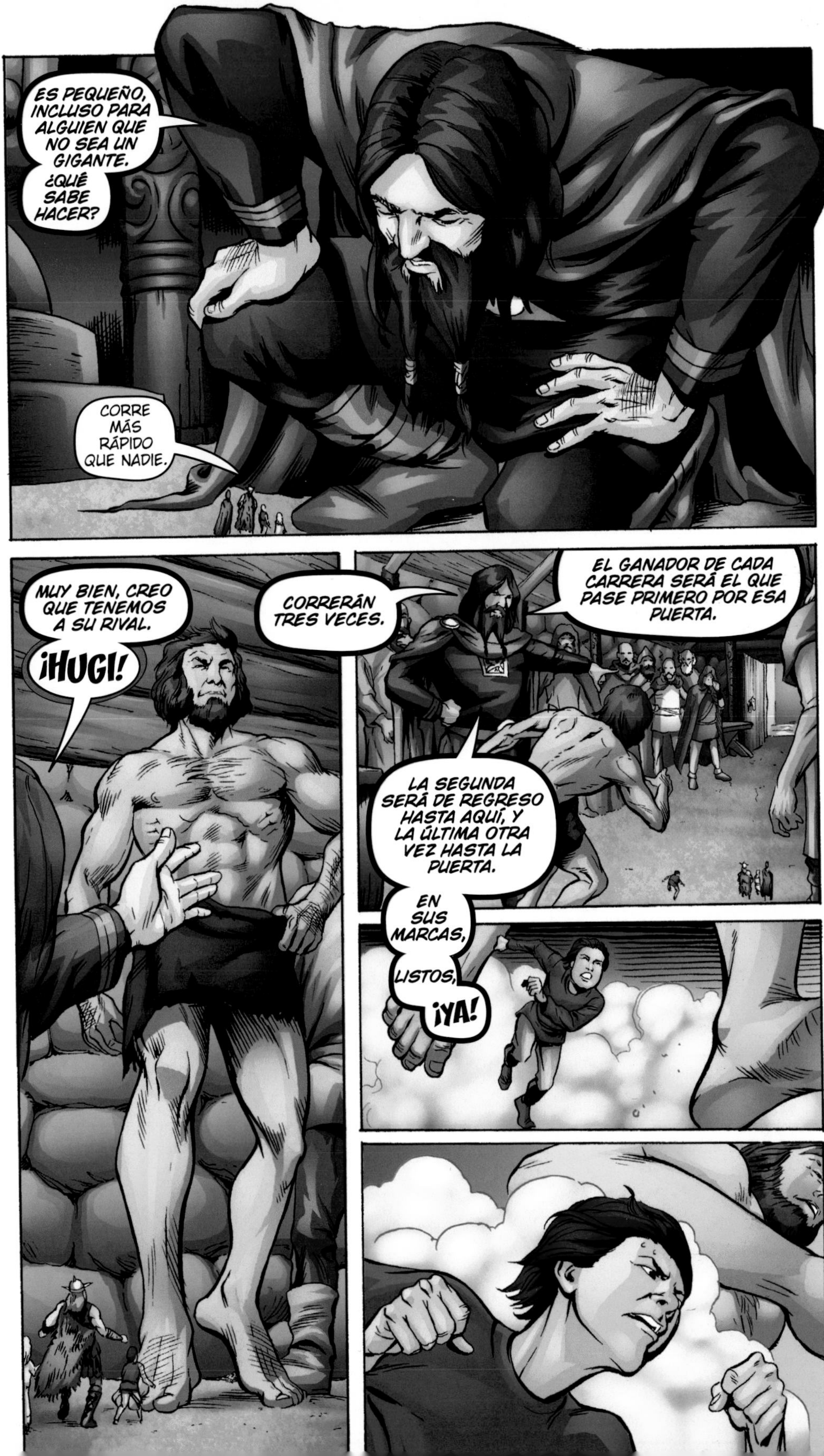
ES PEQUEÑO, INCLUSO PARA ALGUIEN QUE NO SEA UN GIGANTE.
¿QUÉ SABE HACER?
CORRE MÁS RÁPIDO QUE NADIE.
MUY BIEN, CREO QUE TENEMOS A SU RIVAL.
¡HUGI!
CORRERÁN TRES VECES.
EL GANADOR DE CADA CARRERA SERÁ EL QUE PASE PRIMERO POR ESA PUERTA.
LA SEGUNDA SERÁ DE REGRESO HASTA AQUÍ, Y LA ÚLTIMA OTRA VEZ HASTA LA PUERTA.
EN SUS MARCAS,
LISTOS,
¡YA!

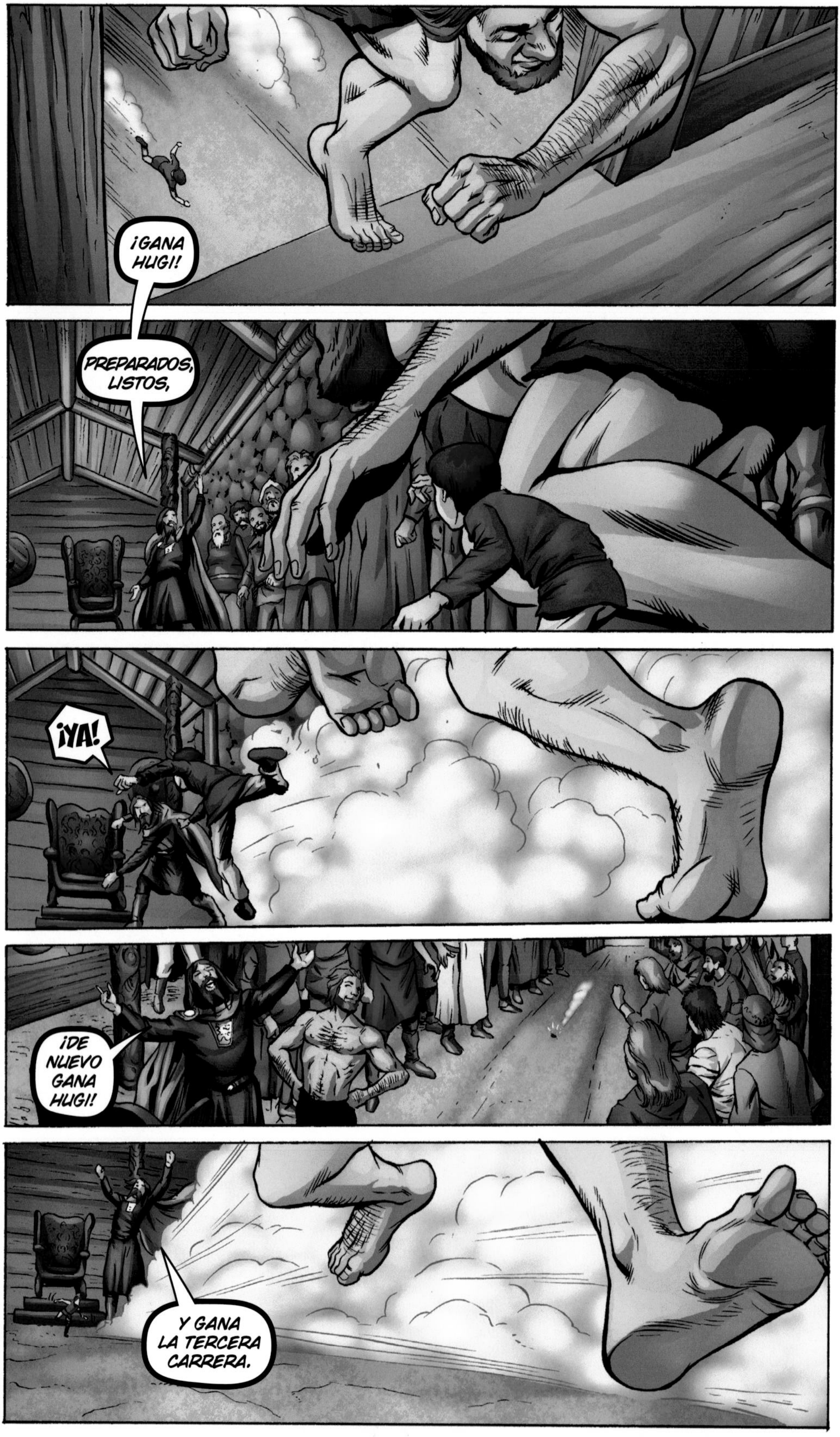
¡GANA HUGI!
PREPARADOS, LISTOS,
¡YA!
¡DE NUEVO GANA HUGI!
Y GANA LA TERCERA CARRERA.

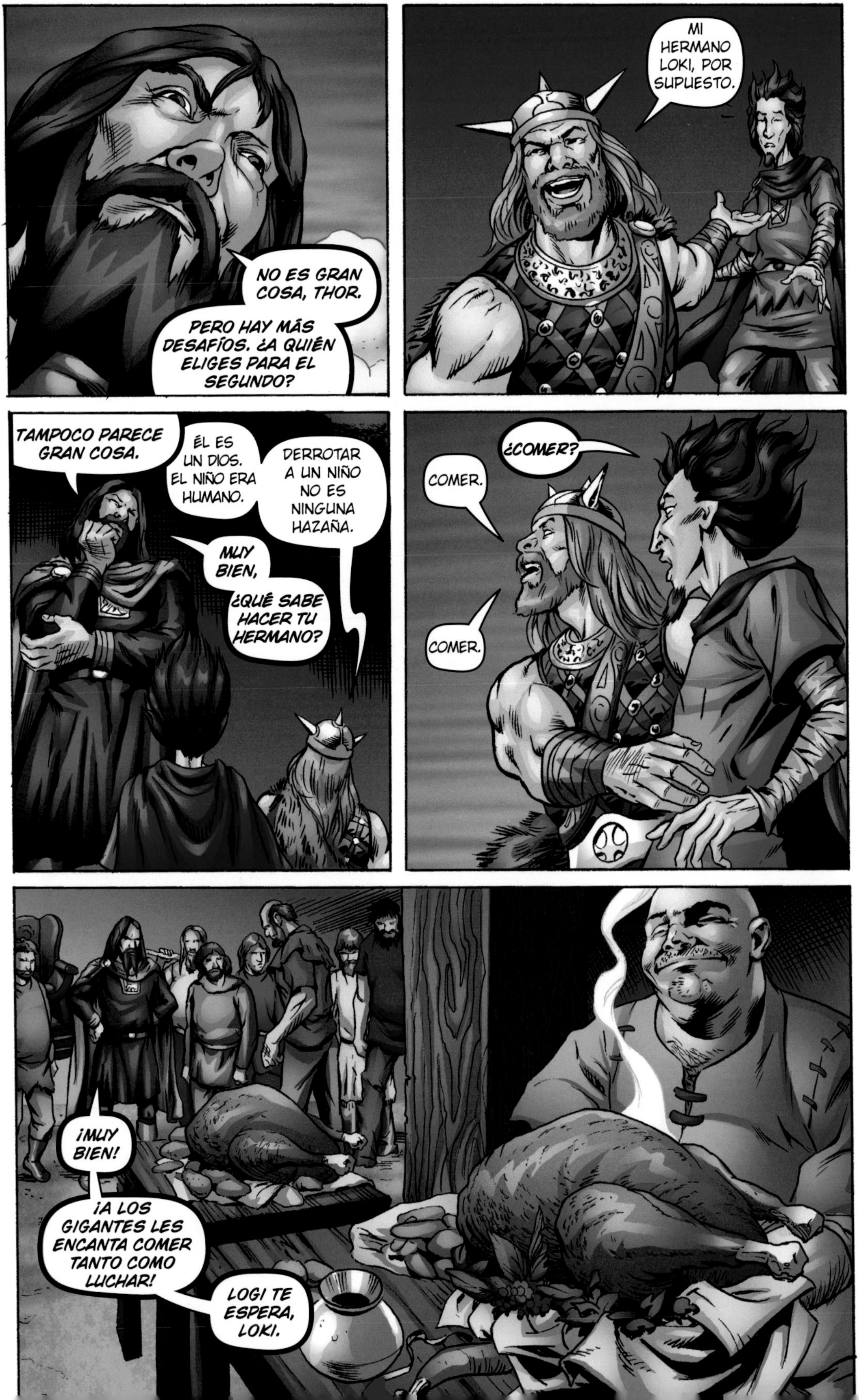
NO ES GRAN COSA, THOR.
PERO HAY MÁS DESAFÍOS. ¿A QUIÉN ELIGES PARA EL SEGUNDO?
MI HERMANO LOKI, POR SUPUESTO.
TAMPOCO PARECE GRAN COSA.
ÉL ES UN DIOS. EL NIÑO ERA HUMANO.
DERROTAR A UN NIÑO NO ES NINGUNA HAZAÑA.
MUY BIEN,
¿QUÉ SABE HACER TU HERMANO?
¿COMER?
COMER.
COMER.
¡MUY BIEN!
¡A LOS GIGANTES LES ENCANTA COMER TANTO COMO LUCHAR!
LOGI TE ESPERA, LOKI.

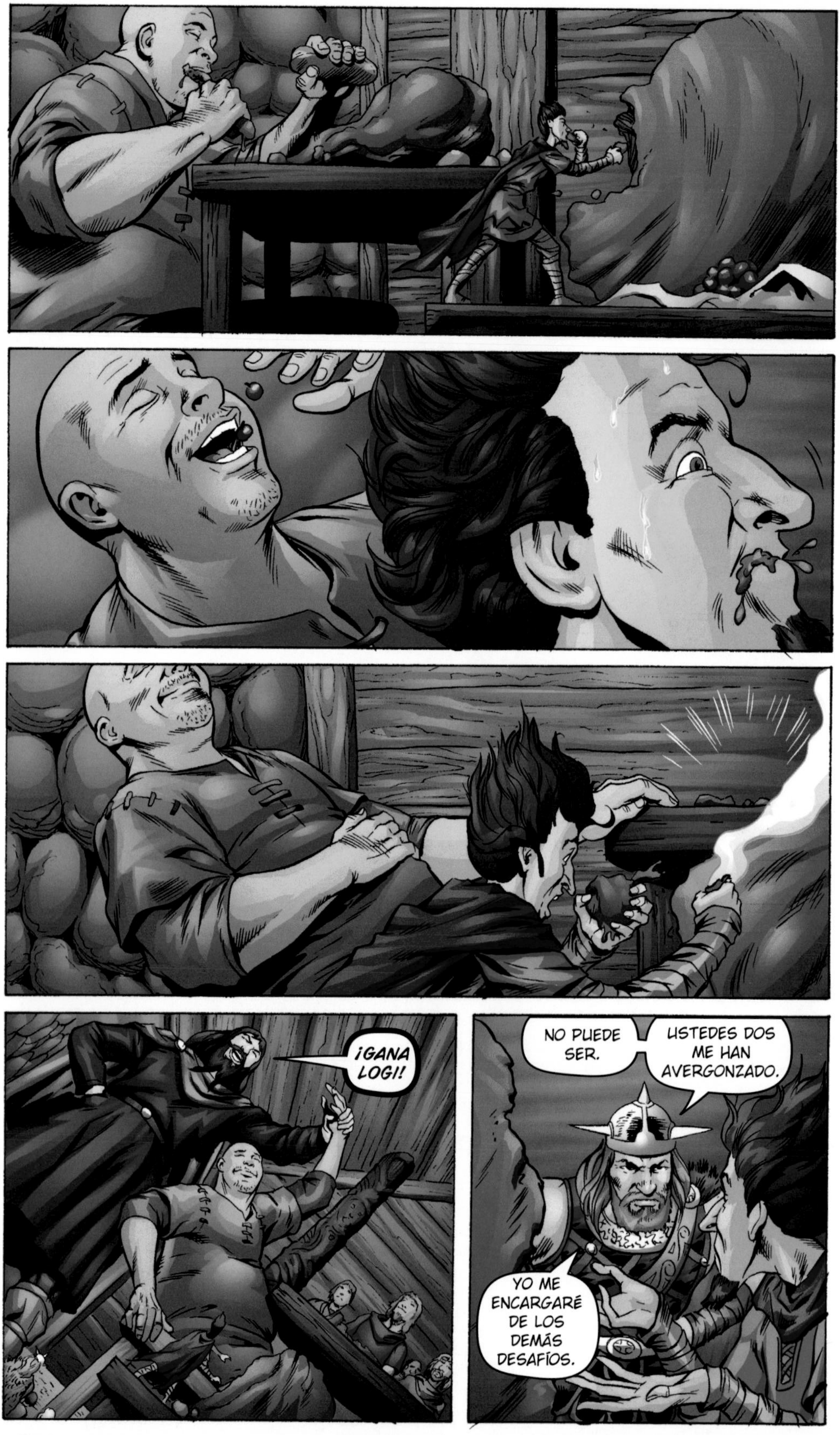
¡GANA LOGI!
NO PUEDE SER.
USTEDES DOS ME HAN AVERGONZADO.
YO ME ENCARGARÉ DE LOS DEMÁS DESAFÍOS.

THOR DEBE GANAR

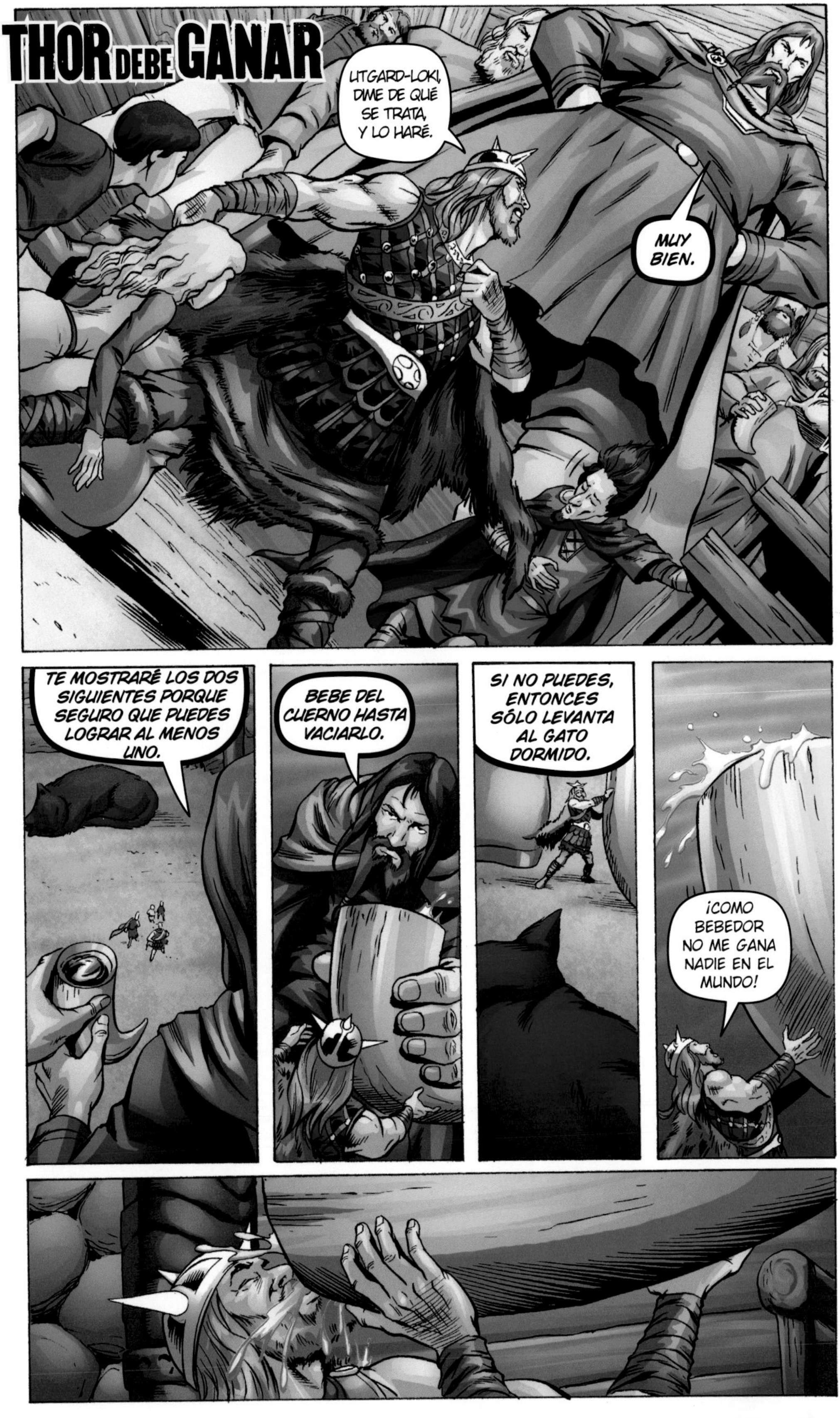
UTGARD-LOKI, DIME DE QUÉ SE TRATA, Y LO HARÉ.
MUY BIEN.
TE MOSTRARÉ LOS DOS SIGUIENTES PORQUE SEGURO QUE PUEDES LOGRAR AL MENOS UNO.
BEBE DEL CUERNO HASTA VACIARLO.
SI NO PUEDES, ENTONCES SÓLO LEVANTA AL GATO DORMIDO.
¡COMO BEBEDOR NO ME GANA NADIE EN EL MUNDO!

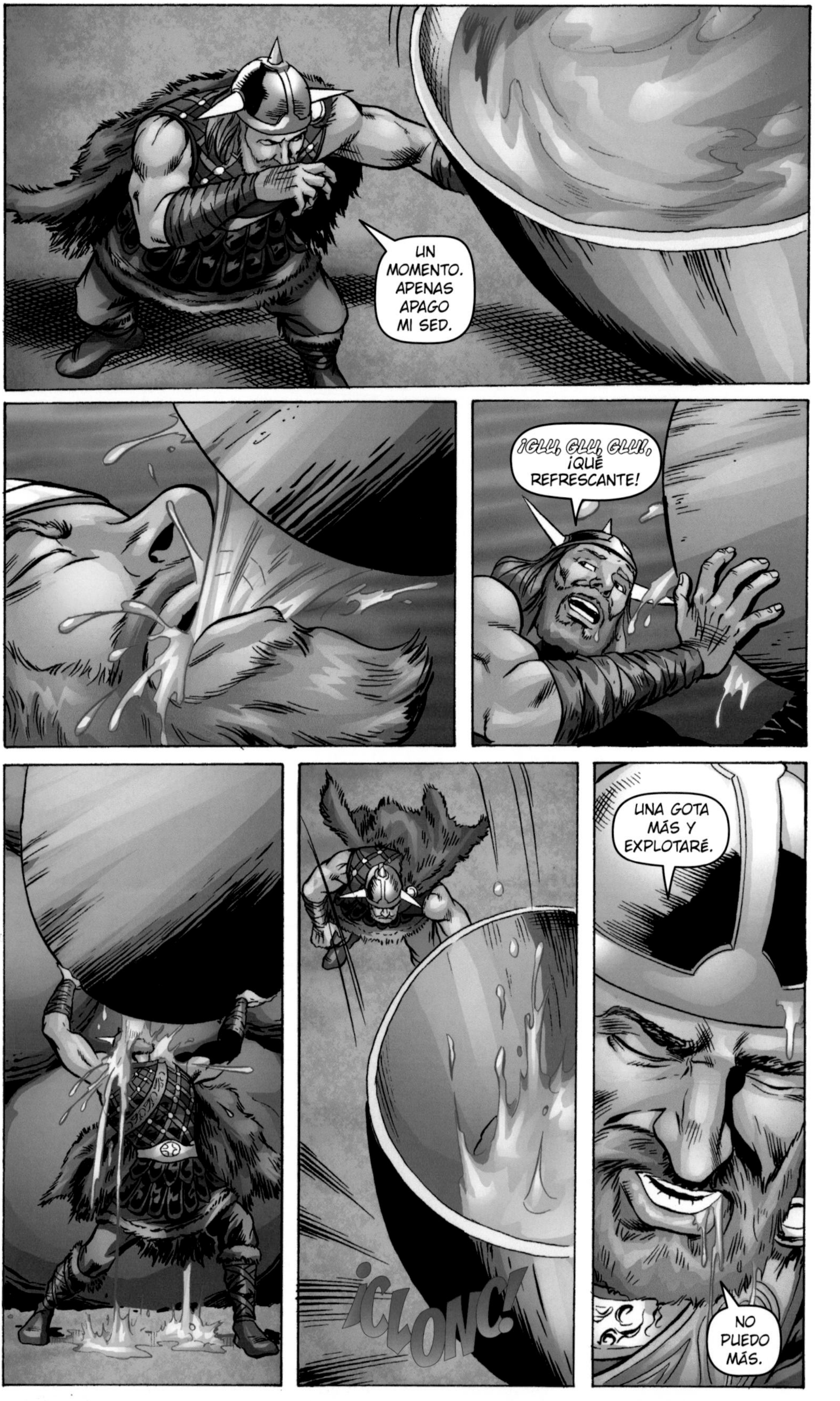
UN MOMENTO. APENAS APAGO MI SED.
¡GLU, GLU, GLU!, ¡QUÉ REFRESCANTE!
UNA GOTA MÁS Y EXPLOTARÉ.
¡CLONC!
NO PUEDO MÁS.

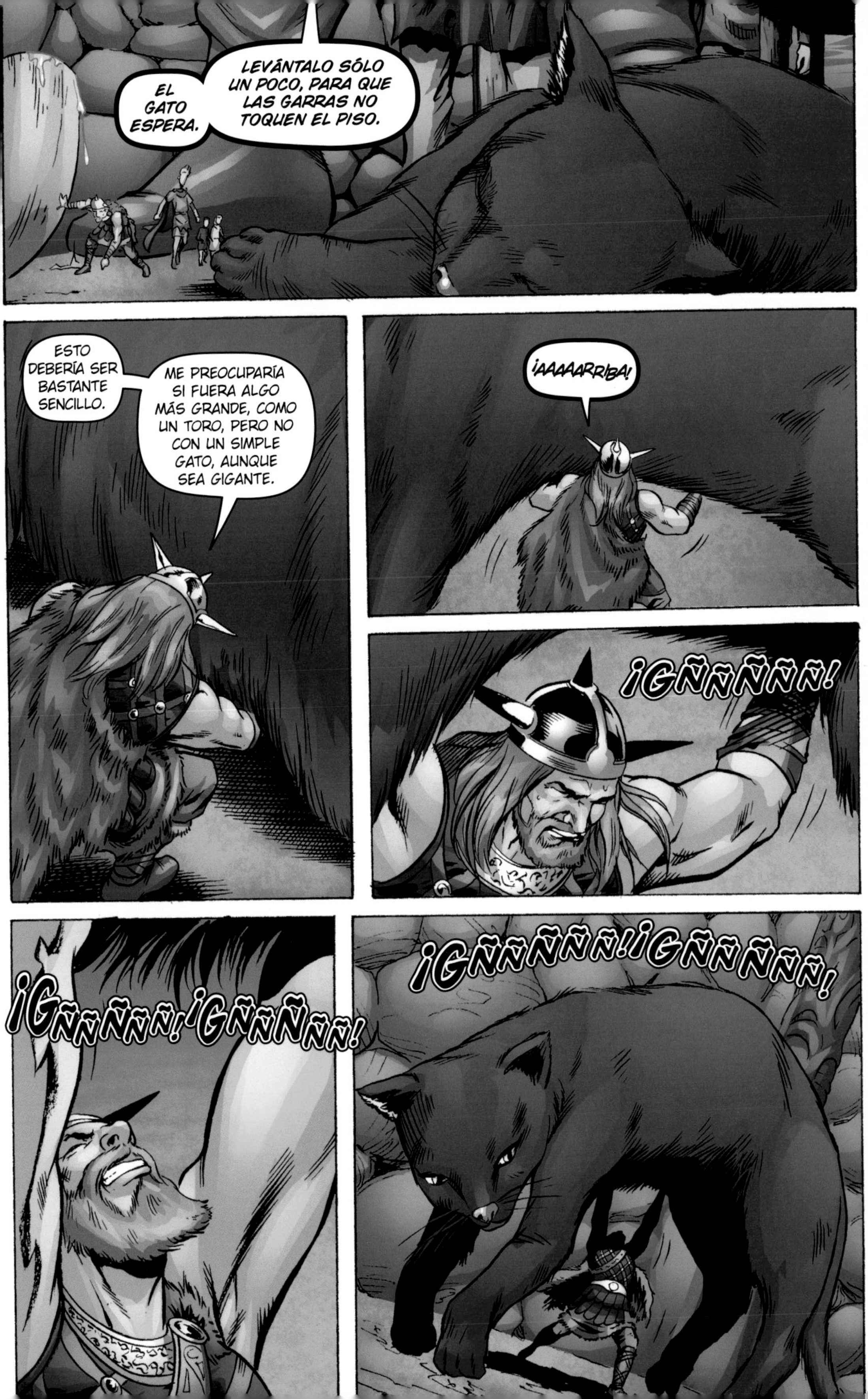
EL GATO ESPERA.
LEVÁNTALO SÓLO UN POCO, PARA QUE LAS GARRAS NO TOQUEN EL PISO.
ESTO DEBERÍA SER BASTANTE SENCILLO.
ME PREOCUPARÍA SI FUERA ALGO MÁS GRANDE, COMO UN TORO, PERO NO CON UN SIMPLE GATO, AUNQUE SEA GIGANTE.
¡AAAAARRIBA!
¡GÑÑÑÑÑ!
¡GÑÑÑÑÑ! ¡GÑÑÑÑÑ!
¡GÑÑÑÑÑ! ¡GÑÑÑÑÑ!

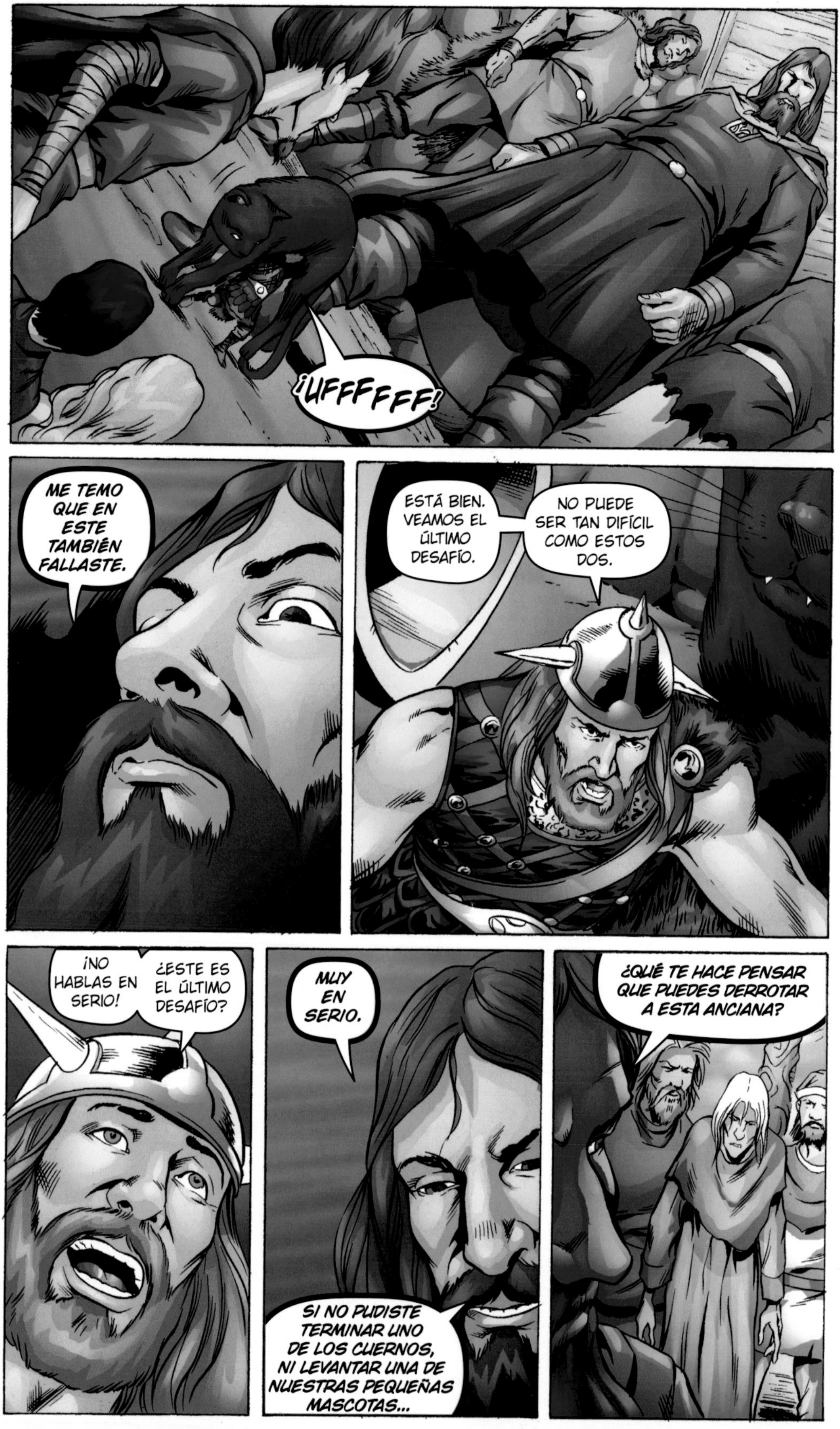
¡UFFFFFF!
ME TEMO QUE EN ESTE TAMBIÉN FALLASTE.
ESTÁ BIEN. VEAMOS EL ÚLTIMO DESAFÍO.
NO PUEDE SER TAN DIFÍCIL COMO ESTOS DOS.
¡NO HABLAS EN SERIO!
¿ESTE ES EL ÚLTIMO DESAFÍO?
MUY EN SERIO.
SI NO PUDISTE TERMINAR UNO DE LOS CUERNOS, NI LEVANTAR UNA DE NUESTRAS PEQUEÑAS MASCOTAS...
¿QUÉ TE HACE PENSAR QUE PUEDES DERROTAR A ESTA ANCIANA?

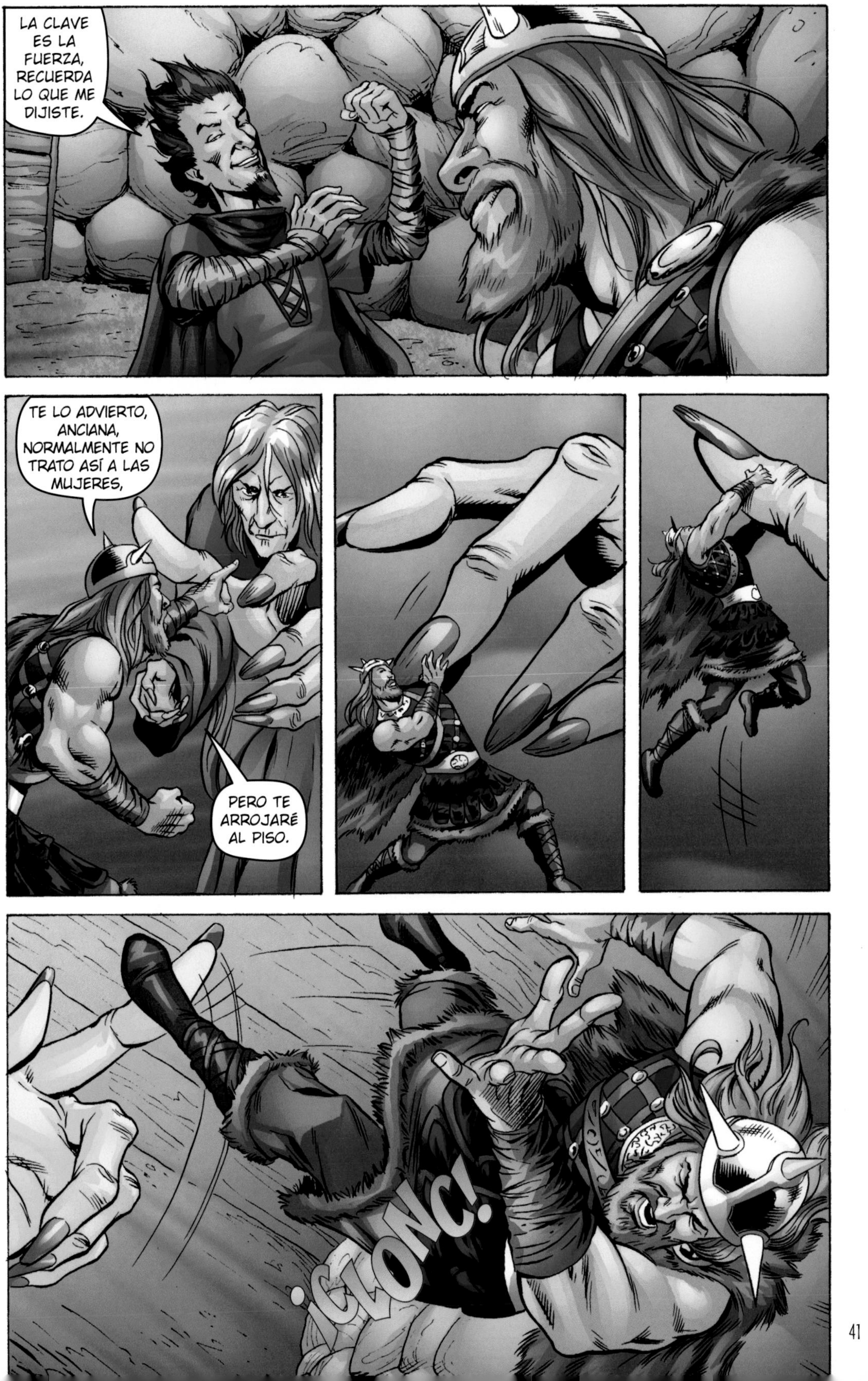
LA CLAVE ES LA FUERZA, RECUERDA LO QUE ME DIJISTE.
TE LO ADVIERTO, ANCIANA, NORMALMENTE NO TRATO ASÍ A LAS MUJERES,
PERO TE ARROJARÉ AL PISO.
¡CLONC!

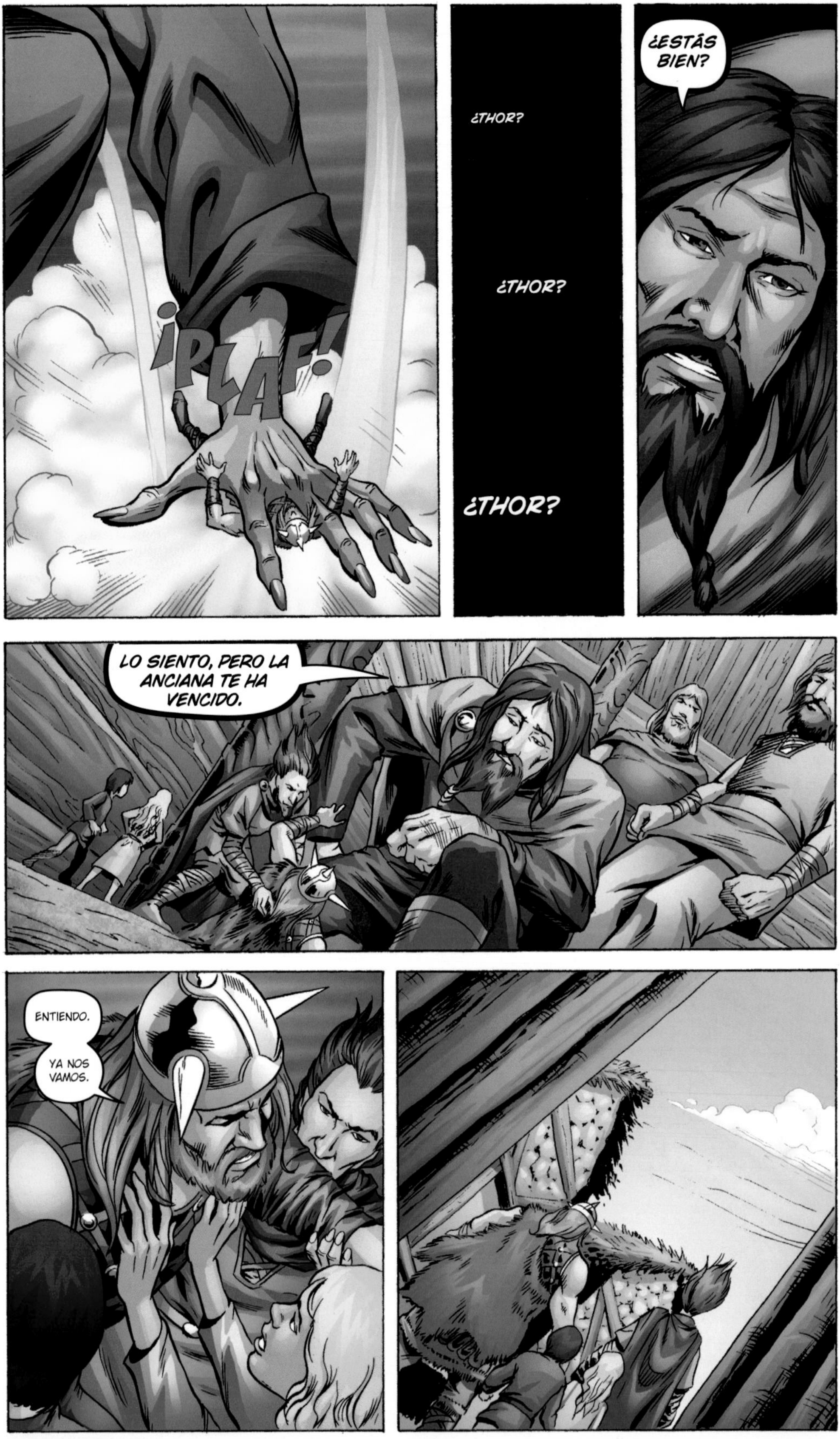
¡PLAF!
¿THOR?
¿THOR?
¿THOR?
¿ESTÁS BIEN?
LO SIENTO, PERO LA ANCIANA TE HA VENCIDO.
ENTIENDO.
YA NOS VAMOS.

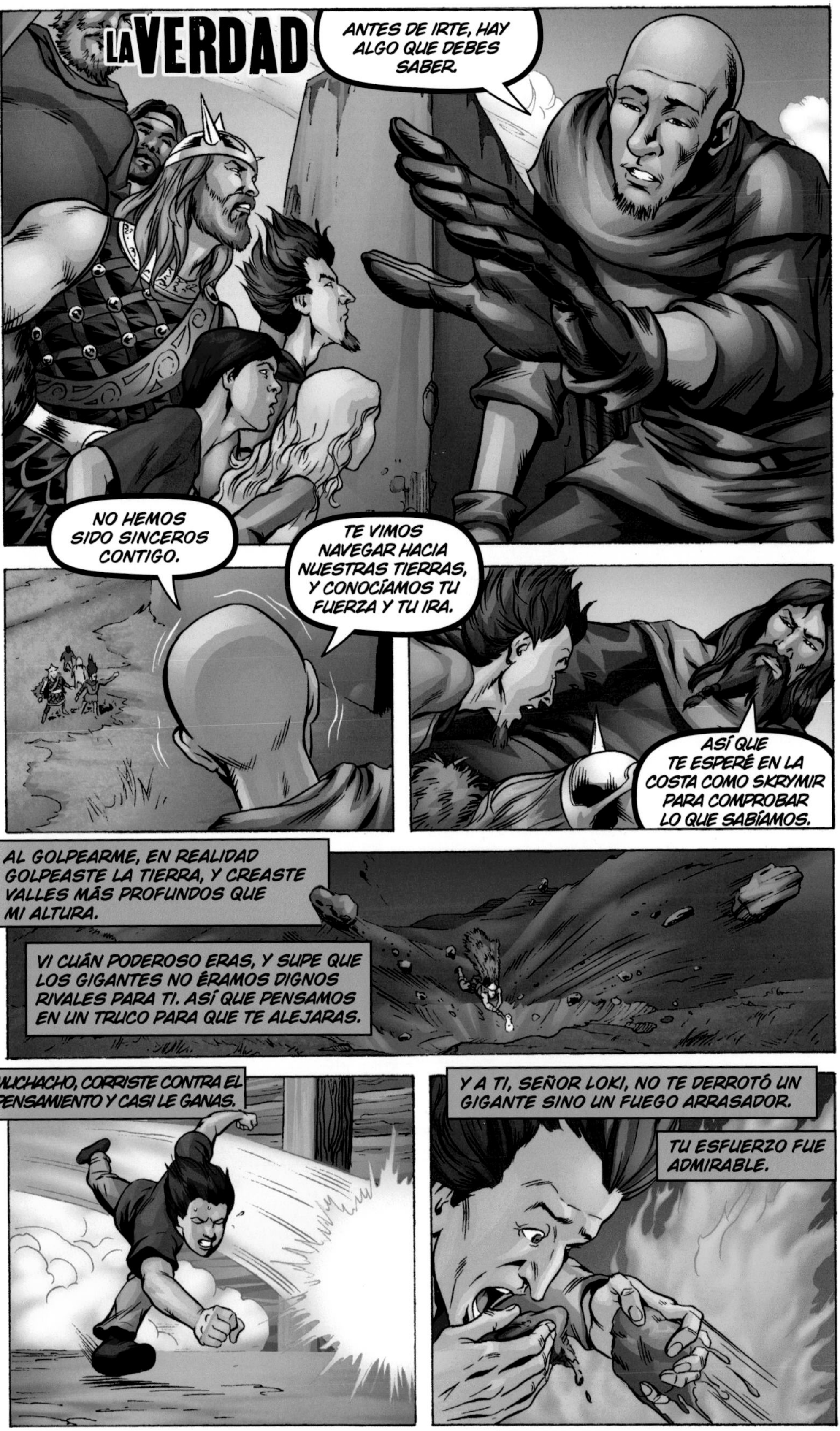
LA VERDAD
ANTES DE IRTE, HAY ALGO QUE DEBES SABER.
NO HEMOS SIDO SINCEROS CONTIGO.
TE VIMOS NAVEGAR HACIA NUESTRAS TIERRAS, Y CONOCÍAMOS TU FUERZA Y TU IRA.
ASÍ QUE TE ESPERÉ EN LA COSTA COMO SKRYMIR PARA COMPROBAR LO QUE SABÍAMOS.
AL GOLPEARME, EN REALIDAD GOLPEASTE LA TIERRA, Y CREASTE VALLES MÁS PROFUNDOS QUE MI ALTURA.
VI CUÁN PODEROSO ERAS, Y SUPE QUE LOS GIGANTES NO ÉRAMOS DIGNOS RIVALES PARA TI. ASÍ QUE PENSAMOS EN UN TRUCO PARA QUE TE ALEJARAS.
MUCHACHO, CORRISTE CONTRA EL PENSAMIENTO Y CASI LE GANAS.
Y A TI, SEÑOR LOKI, NO TE DERROTÓ UN GIGANTE SINO UN FUEGO ARRASADOR.
TU ESFUERZO FUE ADMIRABLE.

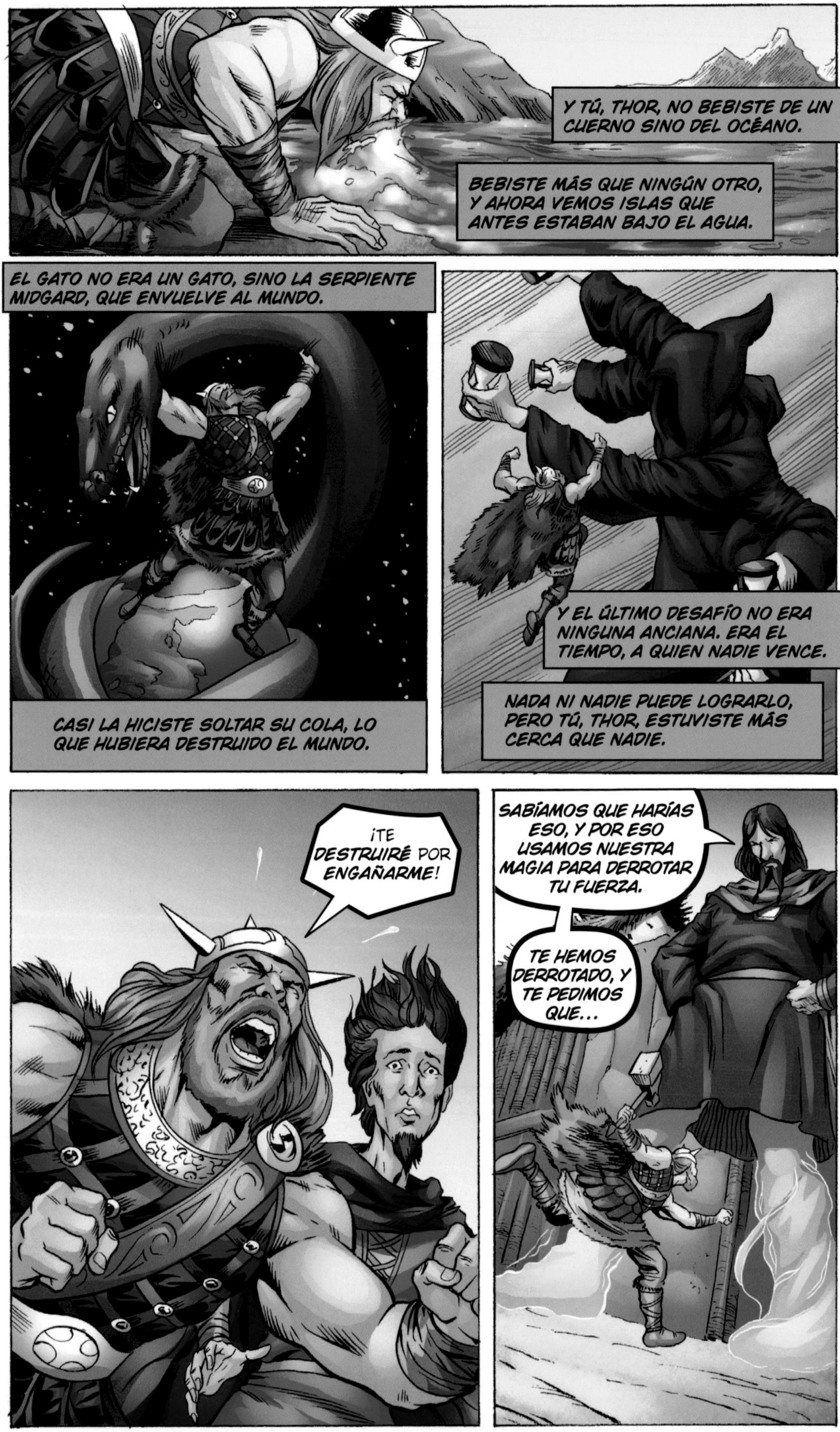
Y TÚ, THOR, NO BEBISTE DE UN CUERNO SINO DEL OCÉANO.
BEBISTE MÁS QUE NINGÚN OTRO, Y AHORA VEMOS ISLAS QUE ANTES ESTABAN BAJO EL AGUA.
EL GATO NO ERA UN GATO, SINO LA SERPIENTE MIDGARD, QUE ENVUELVE AL MUNDO.
CASI LA HICISTE SOLTAR SU COLA, LO QUE HUBIERA DESTRUIDO EL MUNDO.
Y EL ÚLTIMO DESAFÍO NO ERA NINGUNA ANCIANA. ERA EL TIEMPO, A QUIEN NADIE VENCE.
NADA NI NADIE PUEDE LOGRARLO, PERO TÚ, THOR, ESTUVISTE MÁS CERCA QUE NADIE.
¡TE DESTRUIRÉ POR ENGAÑARME!
SABÍAMOS QUE HARÍAS ESO, Y POR ESO USAMOS NUESTRA MAGIA PARA DERROTAR TU FUERZA.
TE HEMOS DERROTADO, Y TE PEDIMOS QUE…

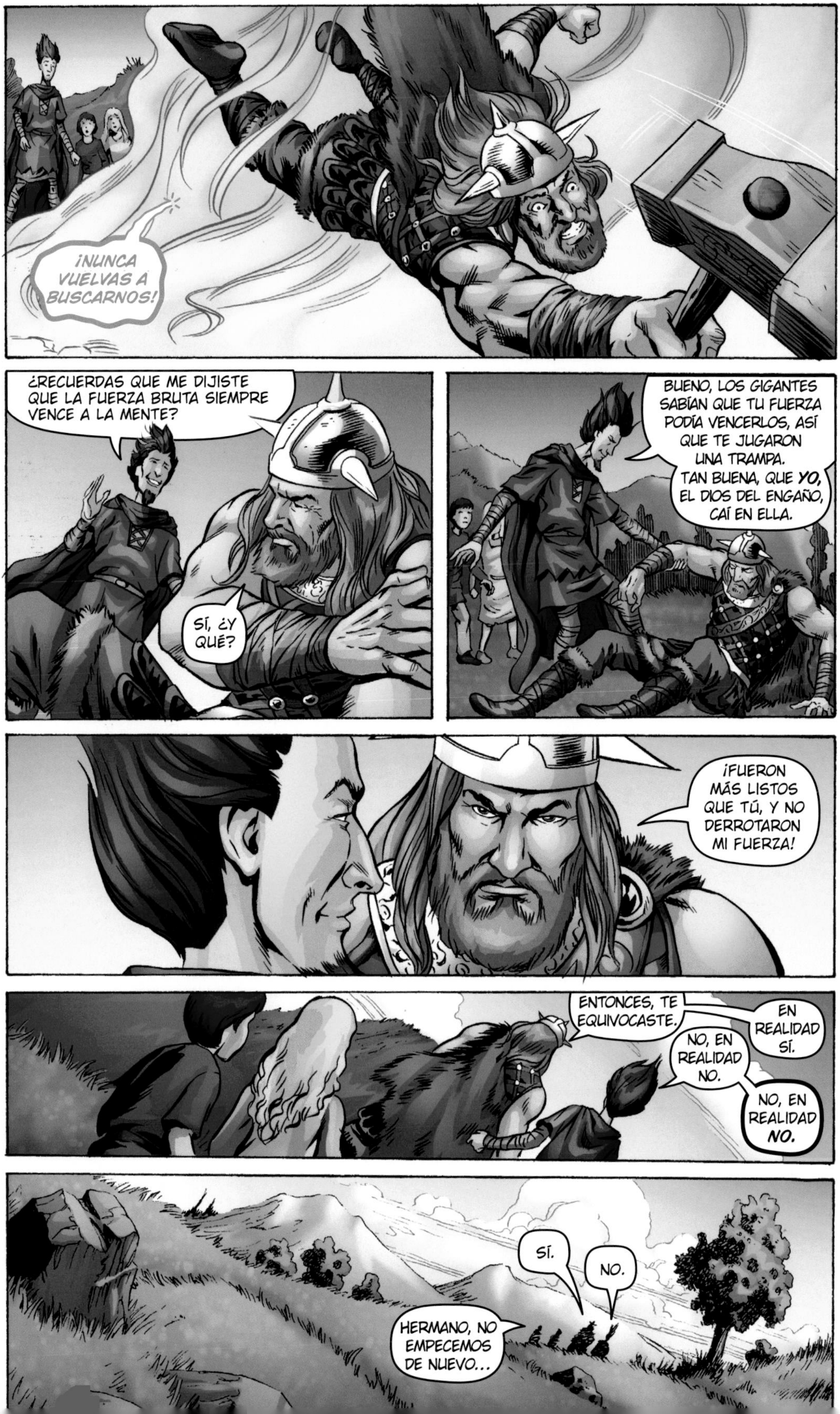
¡NUNCA VUELVAS A BUSCARNOS!
¿RECUERDAS QUE ME DIJISTE QUE LA FUERZA BRUTA SIEMPRE VENCE A LA MENTE?
SÍ, ¿Y QUÉ?
BUENO, LOS GIGANTES SABÍAN QUE TU FUERZA PODÍA VENCERLOS, ASÍ QUE TE JUGARON UNA TRAMPA.
TAN BUENA, QUE *YO,* EL DIOS DEL ENGAÑO, CAÍ EN ELLA.
¡FUERON MÁS LISTOS QUE TÚ, Y NO DERROTARON MI FUERZA!
ENTONCES, TE EQUIVOCASTE.
EN REALIDAD SÍ.
NO, EN REALIDAD NO.
NO, EN REALIDAD **NO.**
SÍ.
NO.
HERMANO, NO EMPECEMOS DE NUEVO...

GLOSARIO

ASGARDV: el hogar de los dioses escandinavos

LEMMINGS (LOS): pequeños roedores de cola corta y patas peludas que viven en las regiones nórdicas

LOKI: el dios del engaño en la mitología escandinava; a menudo aparece como hermano de Thor

MIDGARD, LA SERPIENTE: según una leyenda escandinava, una serpiente gigante que envuelve a la tierra

MJOLNIR: el martillo mágico de Thor

MORTAL: un ser que muere

ODIN: el padre de los dioses escandinavos

THOR: el dios escandinavo del trueno

UTGARD–LOKI: el rey de los gigantes escandinavos

Dibujo a lápiz de la página 32

LECTURAS ADICIONALES Y SITIOS WEB

Philip, Neil. *The Illustrated Book of Myths: Tales and Legends of the World*. New York: Dorling Kindersley, 1995. Nueva York: Dorling Kindersley, 1995. Este volumen ilustrado recoge mitos de todo el mundo, incluidos los mitos escandinavos.

____. *Mythology*. New York: Dorling Kindersley, 1999. Este volumen de la serie Eyewitness Books utiliza docenas de coloridas fotografías e ilustraciones para explorar los mitos de todo el mundo.

Roberts, Morgan J. *Norse Gods and Heroes*. New York: Metro Books, 1995. Nueva York: Metro Books, 1995. Con numerosas ilustraciones y fotografías de antiguos artefactos mitológicos, este libro brinda un panorama excelente de la mitología escandinava.

Encyclopedia Mythica: Norse Mythology
http://www.pantheon.org/areas/mythology/europe/norse/articles.html
Este útil sitio web presenta breves perfiles de todos los dioses nórdicos, así como información sobre diversos personajes de la mitología escandinava (en inglés).

Thomas Bulfinch: Bulfinch's Mythology
http://www.classicreader.com/booktoc.php/sid.2/bookid.2823/
Este sitio presenta una de las más populares compilaciones de mitos antiguos en lengua inglesa. Esta obra clásica, que incluye algunos mitos escandinavos, es una compilación realizada por el estadounidense Thomas Bulfinch, en el siglo XIX.

LA CREACIÓN *THOR AND LOKI: EN LA TIERRA DE LOS GIGANTES*

Para crear el relato del viaje de Thor y Loki a la tierra de los gigantes, el autor Jeff Limke se basó en gran parte en la clásica obra *Bulfinch's Mythology* del autor estadounidense Thomas Bulfinch. Esta obra toma su material de la *Prose Edda*, una combinación de relatos escandinavos recopilados por el poeta y abogado islandés Snorri Sturluson. El artista Ron Randall consultó diversos libros de referencia sobre los vikingos en la edad media, así como obras de arte del período escandinavo antiguo, para ilustrar las vívidas imágenes de este relato.

ÍNDICE

ACERCA DEL AUTOR Y DEL ARTISTA

JEFF LIMKE creció en Dakota del Norte. Allí leía, escuchaba y se maravillaba con cuentos y leyendas desde el día en que aprendió a leer. Más adelante estudió estos relatos y ha escrito adaptaciones de ellos durante muchos años. Algunos de sus relatos han sido publicados por Caliber Comics, Arrow Comics y Kenzer and Company. Con el tiempo, se casó y ahora vive con su esposa y su hija, que adora leer, escuchar y maravillarse con los cuentos.

RON RANDALL ha dibujado tiras cómicas para todas las principales editoras de historietas de los Estados Unidos, incluidas Marvel, DC, Image y Dark Horse. Ha trabajado en historietas ilustradas de superhéroes, como *Justice League* y *Spiderman*, en títulos de ciencia ficción, como *Star Wars*, *Star Trek* y su propia creación, *Trekker*, además de aventuras fantásticas, como *DragonLance* y *Warlord*, y títulos de suspenso y horror como *SwampThing*, *Predator* y *Venom*. Vive en Portland, Oregon.